42894

BIBLIOTHÈQUE

D'UNE

MAISON DE CAMPAGNE.

TOME LXXIX.

HUITIÈME LIVRAISON.

LES MILLE ET UNE NUITS.

LES

MILLE ET UNE NUITS,

CONTES ARABES.

IMPRIMERIE DE LEBÈGUE.

LES
MILLE ET UNE NUITS,
CONTES ARABES,

TRADUITS EN FRANÇAIS

Par M. GALLAND,

MEMBRE DE L'ACADÉMIE DES INSCRIPTIONS
ET BELLES-LETTRES, PROFESSEUR DE LANGUE
ARABE AU COLLÉGE ROYAL.

TOME NEUVIÈME.

A PARIS,

CHEZ LEBÉGUE, IMPRIMEUR-LIBRAIRE,
RUE DES RATS, N° 14, PRÈS LA PLACE MAUBERT.

1822.

LES
MILLE ET UNE NUITS,
CONTES ARABES.

~~~~~~

SUITE DE L'HISTOIRE D'ALADDIN,

ou

LA LAMPE MERVEILLEUSE.

ALADDIN monta, et il entra dans le salon. Dès qu'il eut vu le magicien africain étendu sur le sofa, il arrêta la princesse Badroulboudour, qui s'était levée, et qui s'avançait pour lui témoigner sa joie en l'embrassant : « Princesse, dit-il, il n'est pas encore temps; obligez-moi de vous retirer à votre appartement, et faites qu'on me laisse seul, pendant que je vais travailler à vous faire retourner à la Chine avec la même diligence que vous en avez été éloignée. »

En effet, quand la princesse fut hors du salon, avec ses femmes et ses eunuques, Aladdin ferma la porte ; et après qu'il se fut approché du cadavre du magicien africain, qui était demeuré sans vie, il ouvrit sa veste, et en tira la lampe enveloppée de la manière que la princesse le lui avait marqué. Il la développa, et il la frotta. Aussitôt le Génie se présenta avec son compliment ordinaire. « Génie, lui dit Aladdin, je t'ai appelé pour t'ordonner, de la part de la lampe ta bonne maîtresse, que tu vois, de faire que ce palais soit reporté incessamment à la Chine, au même lieu et à la même place d'où il a été apporté ici. » Le Génie, après avoir marqué par une inclination de tête qu'il allait obéir, disparut. En effet, le transport se fit, et on ne le sentit que par deux agitations fort légères : l'une, quand il fut enlevé du lieu où il était en Afrique ; et l'autre, quand il fut posé à la Chine vis-à-vis le palais du Sultan; ce qui se fit dans un intervalle de très-peu de durée.

Aladdin descendit de l'appartement de la princesse; et alors, en l'embrassant : « Princesse, dit-il, je puis vous assurer que votre joie et la mienne seront complètes demain matin. » Comme la princesse n'avait pas achevé de souper, et qu'Aladdin avait besoin de manger, la princesse fit apporter du salon aux vingt-quatres croisées les mets qu'on y avaient servis, et auxquels on n'avait presque pas touché. La princesse et Aladdin mangèrent ensemble, et burent du bon vin vieux du magicien africain : après quoi, sans parler de leur entretien, qui ne pouvait être que très-satisfaisant, ils se retirèrent dans leur appartement.

Depuis l'enlèvement du palais d'Aladdin et de la princesse Badroulboudour, le Sultan, père de cette princesse, était inconsolable de l'avoir perdue, comme il se l'était imaginé. Il ne dormait presque ni nuit ni jour; et au lieu d'éviter tout ce qui pouvait l'entretenir dans son affliction, c'était au contraire ce qu'il cherchait avec plus de soin. Ainsi , au lieu qu'auparavant il n'allait que le matin au cabinet ouvert de son palais; pour se satisfaire par l'agrément de cette vue dont il ne pouvait se rassasier, il y allait plusieurs fois le jour renouveler ses larmes, et se plonger de plus en plus dans les profondes douleurs, par l'idée de ne voir plus ce qui lui avait tant plu, et d'avoir perdu ce qu'il avait de plus cher au monde. L'aurore ne faisait encore que de paraître, lorsque le Sultan vint à ce cabinet, le même matin que le palais d'Aladdin venait d'être rapporté à sa place. En y entrant, il était si recueilli en lui-même et si pénétré de sa douleur, qu'il jeta les yeux d'une manière triste du côté de la place où il ne croyait voir que l'air vide, sans apercevoir le palais. Mais comme il vit que ce vide était rempli, il s'imagina d'abord que c'était l'effet d'un brouillard. Il regarde avec plus d'attention, et il connaît, à n'en pas douter, que c'était le palais d'Aladdin. Alors la joie et l'épanouissement du cœur succédèrent aux chagrins et à la tristesse. Il retourne à son appartement en pressant le pas, et il commande qu'on lui selle et qu'on lui amène un cheval. On le lui amène; il le monte, il part, et il lui semble qu'il n'arrivera pas assez tôt au palais d'Aladdin.

Aladdin, qui avait prévu ce qui pouvait arriver, s'était levé dès la petite pointe du jour; et dès qu'il eut pris un des habits les plus magnifiques de sa garde-robe, il était monté au salon aux vingt-quatre croisées, d'où il aperçut que le Sultan venait. Il descendit, et il fut assez à temps pour le recevoir au bas du grand escalier, et l'aider à mettre pied à terre. « Aladdin, lui dit le Sultan, je ne puis vous parler que je n'aie vu et embrassé ma fille. »

Aladdin conduisit le Sultan à l'appartement de la princesse Badroulboudour. Et la princesse, qu'Aladdin, en se levant, avait avertie de se souvenir qu'elle n'était plus en Afrique, mais dans la Chine et dans la ville capitale du Sultan son père, voisine de son palais; venait d'achever de s'habiller. Le Sultan l'embrassa à plusieurs fois, le visage baigné de larmes de joie; et la princesse, de son côté, lui donna toutes les marques du plaisir extrême qu'elle avait de le revoir.

Le Sultan fut quelque temps sans pouvoir ouvrir la bouche pour parler : tant il était attendri d'avoir retrouvé sa chère fille, après l'avoir pleurée sincèrement comme perdue, et la princesse, de son côté, était tout en larmes de la joie qu'elle avait de revoir le Sultan son père.

Le Sultan prit enfin la parole : « Ma fille, dit-il, je veux croire que c'est la joie que vous avez de me revoir qui fait que vous me paraissez aussi peu changée que s'il ne vous était rien arrivé de fâcheux. Je suis persuadé néanmoins que vous avez beaucoup souffert. On n'est pas trasporté dans un palais tout entier, aussi subitement que vous l'avez été, sans de grandes alarmes et de terribles angoisses. Je veux que vous me racontiez ce qui en est, et que vous ne me cachiez rien. »

La princesse se fit un plaisir de donner au Sultan son père la satisfaction qu'il demandait. « Sire, dit la princesse, si je parais si peu changée, je supplie Votre Majesté de considérer que je commençai à

respirer dès hier de grand matin par la
présence d'Aladdin, mon cher époux et
mon libérateur, que j'avais regardé et
pleuré comme perdu pour moi, et que le
bonheur que je viens d'avoir de l'embrasser me remet à peu près dans la même
assiette qu'auparavant. Toute ma peine
néanmoins, à proprement parler, n'a été
que de me voir arrachée à Votre Majesté
et à mon cher époux, non-seulement par
rapport à mon inclination à l'égard de mon
époux, mais même par l'inquiétude où
j'étais sur les tristes effets du courroux de
Votre Majesté, auquel je ne doutais pas
qu'il ne dût être exposé, tout innocent
qu'il était. J'ai moins souffert de l'inso-
lence de mon ravisseur, qui m'a tenu des
discours qui ne me plaisaient pas. Je les
ai arrêtés par l'ascendant que j'ai su prendre sur lui. D'ailleurs, j'étais aussi peu
contrainte que je le suis présentement.
Pour ce qui regarde le fait de mon enlèvement, Aladdin n'y a aucune part : j'en suis
la cause moi seule, mais très-innocente. »

Pour persuader au Sultan qu'elle disait
la vérité, elle lui fit le détail du déguise-

ment du magicien africain en marchand
de lampes neuves à changer contre des
vieilles, et du divertissement qu'elle s'était
donné en faisant l'échange de la lampe
d'Aladdin, dont elle ignorait le secret et
l'importance ; de l'enlèvement du palais
et de sa personne après cet échange, et du
transport de l'un et de l'autre en Afrique
avec le magicien africain, qui avait été
reconnu par deux de ses femmes et par
l'eunuque qui avait fait l'échange de la
lampe, quand il avait pris la hardiesse de
venir se présenter à elle la première fois
après le succès de son audacieuse entreprise, et de lui faire la proposition de
l'épouser ; enfin de la persécution qu'elle
avait soufferte jusqu'à l'arrivée d'Aladdin ;
des mesures qu'ils avaient prises conjoin-
tement pour lui enlever la lampe qu'il
portait sur lui ; comment ils y avaient
réussi ; elle particulièrement, en prenant
le parti de dissimuler avec lui ; et enfin de
l'inviter à souper avec elle ; jusqu'au go-
belet mixtionné qu'elle lui avait présenté.
« Quant au reste, ajouta-t-elle, je laisse
à Aladdin à vous en rendre compte. »

Aladdin eut peu de chose à dire au Sultan. « Quand, dit-il, on m'eut ouvert la porte secrète, que j'eus monté au salon aux vingt-quatre croisées, et que j'eus vu le traître étendu mort sur le sofa par la violence de la poudre ; comme il ne convenait pas que la princesse restât davantage, je la priai de descendre à son appartement avec ses femmes et ses eunuques. Je restai seul ; et après avoir tiré la lampe du sein du magicien, je m'étais servi du même secret dont il s'était servi pour enlever ce palais en ravissant la princesse. J'ai fait en sorte que le palais se trouve en sa place, et j'ai eu le bonheur de ramener la princesse à Votre Majesté, comme elle me l'avait commandé. Je n'en impose pas à Votre Majesté ; et si elle veut se donner la peine de monter au salon, elle verra le magicien puni comme il le méritait. »

Pour s'assurer entièrement de la vérité, le Sultan se leva et monta ; et quand il eut vu le magicien africain mort, le visage déjà livide par la violence du poison, il embrassa Aladdin avec beaucoup de tendresse, en lui disant : « Mon fils, ne me

sachez pas mauvais gré du procédé dont j'ai
usé contre vous ; l'amour paternel m'y a
forcé, et je mérite que vous me pardonniez
l'excès où je me suis porté. » « Sire, reprit
Aladdin, je n'ai pas le moindre sujet de
plainte contre la conduite de Votre Majesté :
elle n'a fait que ce qu'elle devait faire. Ce
magicien, cet infâme, ce dernier des hommes, est la cause unique de ma disgrâce.
Quand Votre Majesté en aura le loisir, je
lui ferai le récit d'une autre malice qu'il m'a
faite, non moins noire que celle-ci, dont
j'ai été préservé par une grâce de Dieu
toute particulière. » « Je prendrai ce loisir
exprès, repartit le Sultan, et bientôt. Mais
songeons à nous réjouir, et faites ôter cet
objet odieux. »

Aladdin fit enlever le cadavre du magicien africain, avec ordre de le jeter à
la voirie pour servir de pâture aux ani-
maux et aux oiseaux. Le Sultan cependant, après avoir commandé que les tam-
bours, les timballes, les trompettes et les
autres instrumens annonçassent la joie
publique, fit proclamer une fête de dix
jours, en réjouissance du retour de la

princesse Badroulboudour et d'Aladdin avec son palais.

C'est ainsi qu'Aladdin échappa pour la seconde fois au danger presque inévitable de perdre la vie : mais ce ne fut pas le dernier; il en courut un troisième, dont nous allons rapporter les circonstances.

Le magicien africain avait un frère cadet qui n'était pas moins habile que lui dans l'art magique ; on peut même dire qu'il le surpassait en méchanceté et en artifices pernicieux. Comme ils ne demeuraient pas toujours ensemble ou dans la même ville, et que souvent l'un se trouvait au levant pendant que l'autre était au couchant, chacun de son côté, ils ne manquaient pas chaque année de s'instruire, par la géomance, en quelle partie du monde ils étaient, en quel état ils se trouvaient, et s'ils n'avaient pas besoin du secours l'un de l'autre.

Quelque temps après que le magicien africain eut succombé dans son entreprise contre le bonheur d'Aladdin, son frère cadet, qui n'avait pas eu de ses

nouvelles depuis un an, et qui n'était
pas en Afrique, mais dans un pays très-
éloigné, voulut savoir en quel endroit
de la terre il était, comment il se portait, et ce qu'il y faisait. En quelque
lieu qu'il allât, il portait toujours avec
lui son carré géomantique aussi bien que
son frère. Il prend ce carré; il accommode le sable : il jette les points; il
en tire les figures, et enfin il forme l'horos-
cope. En parcourant chaque figure, il
trouve que son frère n'était plus au
monde; qu'il avait été empoisonné, et
qu'il était mort subitement; que cela
était arrivé à la Chine, et que c'était
dans une capitale de la Chine située
en tel endroit; et enfin, que celui par
qui il avait été empoisonné était un
homme de basse naissance, qui avait
épousé une princesse fille d'un Sultan.

Quand le magicien eut appris de la
sorte quelle avait été la triste destinée
de son frère, il ne perdit pas de temps
en des regrets qui ne lui eussent pas
redonné la vie. La résolution prise sur-
le-champ de venger sa mort, il monte

à cheval, et il se met en che... qu... en
prenant sa route vers la Chi... ... tra-
verse plaines, rivières, mo... ... dé-
serts ; et après une longue traite, sans
s'arrêter en aucun endroit, avec des fatigues incroyables, il arriva enfin à la
Chine, et peu de temps après à la capitale que la géomance lui avait en-
seignée. Certain qu'il ne s'était pas
trompé, et qu'il n'avait pas pris un
royaume pour un autre, il s'arrête dans
cette capitale, et il y prend logement.

Le lendemain de son arrivée, le magicien sort ; et en se promenant par la
ville, non pas tant pour en remarquer
les beautés, qui lui étaient fort indifférentes, que dans l'intention de commencer à prendre des mesures pour l'exécution de son dessein pernicieux, il
s'introduisit dans les lieux les plus fré-
quentés, et il prêta l'oreille à ce que
l'on disait. Dans un lieu où l'on passait
le temps à jouer à plusieurs sortes de
jeux, et où, pendant que les uns jouaient,
d'autres s'entretenaient, les uns des
nouvelles et des affaires du temps, d'au-

tres de leurs propres affaires; il entendit qu'on s'entretenait et qu'on ra-
contait des merveilles de la vertu et
de la piété d'une femme retirée du
monde, nommée Fatime, et même de
ses miracles. Comme il crut que cette
femme pouvait lui être utile à quelque
chose dans ce qu'il méditait, il prit à
part un de ceux de la compagnie, et
il le pria de vouloir bien lui dire plus
particulièrement qu'elle était cette sainte
femme, et quelle sorte de miracles elle
faisait.

« Quoi! lui dit cet homme, vous n'a-
vez pas encore vu cette femme ni entendu parler d'elle? Elle fait l'admiration de toute la ville par ses jeûnes,
par ses austérités et par le bon exemple
qu'elle donne. A la réserve du lundi
et du vendredi, elle ne sort pas de son
petit ermitage; et les jours qu'elle se fait
voir par la ville, elle fait des biens infinis,
et il n'y a personne affligé du mal de tête,
qui ne reçoive la guérison par l'imposition de ses mains. »

Le magicien ne voulut pas en savoir

davantage sur cet article ; il demanda seulement au même homme en quel quartier de la ville était l'ermitage de cette sainte femme. Cet homme le lui enseigna ; sur quoi, après avoir conçu et arrêté le dessein détestable dont nous allons parler bientôt, afin de le savoir plus sûrement, il observa toutes ses démarches le premier jour qu'elle sortit, après avoir fait cette enquête, sans la perdre de vue jusqu'au soir, qu'il la vit rentrer dans son ermitage. Quand il eut bien remarqué l'endroit, il se retira dans un des lieux que nous avons dit, où l'on buvait d'une certaine boisson chaude, et où l'on pouvait passer la nuit si l'on voulait, particulièrement dans les grandes chaleurs, que l'on aime mieux en ces pays-là coucher sur la natte que dans un lit.

Le magicien, après avoir contenté le maître du lieu, en lui payant le peu de dépense qu'il avait faite, sortit vers le minuit, et il alla droit à l'ermitage de Fatime, la sainte femme, nom sous lequel elle était connue dans toute la ville. Il n'eut pas de peine à ouvrir la porte : elle n'était fermée qu'avec un loquet; il le referma sans faire de bruit quand il fut entré, et il aperçut Fatime, à la clarté de la lune, couchée à l'air, et qui dormait sur un sofa garni d'une méchante natte, et appuyée contre sa cellule. Il s'approcha d'elle, et après avoir tiré un poignard qu'il portait au côté, il l'éveilla.

En ouvrant les yeux, la pauvre Fatime fut fort étonnée de voir un homme prêt à la poignarder. En lui appuyant le poignard contre le cœur, prêt à l'y enfoncer : « Si tu cries, dit-il, ou si tu fais le moindre bruit, je te tue; mais lève-toi, et fais ce que je te dirai. »

Fatime, qui était couchée dans son habit, se leva en tremblant de frayeur. « Ne crains pas, lui dit le magicien; je ne demande que ton habit, donne-le-moi et prends le mien. Ils firent l'échange d'habits; et quand le magicien se fut habillé de celui de Fatime, il lui dit : « Colore-moi le visage comme le tien, de manière que je te ressemble, et que la couleur ne s'efface pas. » Comme il vit qu'elle tremblait encore, pour la rassurer, et afin qu'elle fît ce qu'il souhaitait avec plus d'assurance, il lui dit : « Ne crains pas, te dis-je encore une fois ; je te jure, par le nom de Dieu, que je te donne la vie. » Fatime le fit entrer dans sa cellule ; elle alluma sa lampe ; et en prenant d'une certaine liqueur dans un vase avec un pinceau, elle lui en frotta le visage, et lui assura que la couleur ne changerait pas, et qu'il avait le visage de la même couleur qu'elle, sans différence. Elle lui mit en-suite sa propre coiffure sur la tête, avec un voile, dont elle lui enseigna comment il fallait qu'il se cachât le visage en allant par la ville. Enfin, après qu'elle lui eut mis autour du cou un gros chapelet qui lui pendait par-devant jusqu'au milieu du corps, elle lui mit à la main le même bâton qu'elle avait coutume de porter ; et en lui présentant un miroir : « Regardez, dit-elle, vous verrez que vous me ressem-blez on ne peut pas mieux. » Le magicien se trouva comme il l'avait souhaité ; mais il ne tint pas à la bonne Fatime le ser-ment qu'il lui avait fait si solennellement. Afin qu'on ne vît pas de sang en la perçant de son poignard, il l'étrangla; et quand il vit qu'elle avait rendu l'ame, il traîna son cadavre par les pieds jusqu'à la citerne de l'ermitage, et il le jeta dedans.

Le magicien, déguisé ainsi en Fatime, la sainte femme, passa le reste de la nuit dans l'ermitage, après s'être souillé d'un meurtre si détestable. Le lendemain, à une heure ou deux du matin, quoique dans un jour que la sainte femme n'avait pas coutume de sortir, il ne laissa pas de le faire, bien persuadé qu'on ne l'interrogerait pas là-dessus, et au cas qu'on l'interrogeât, prêt à répondre. Comme une des premières choses qu'il avait faite en arrivant avait été d'aller reconnaître le palais d'Aladdin, et que c'était là qu'il avait projeté de jouer son rôle, il prit son chemin de ce côté-là.

Dès qu'on eut aperçu la sainte femme, comme tout le peuple se l'imagina, le magicien fut bientôt environné d'une grande affluence de monde. Les uns se recommandaient à ses prières; d'autres lui baisaient la main; d'autres, plus ré-

servés, ne lui baisaient que le bas de sa
robe; et d'autres, soit qu'ils eussent mal
à la tête, ou que leur intention fût seulement d'en être préservés, s'inclinaient
devant lui, afin qu'il leur imposât les
mains; ce qu'il faisait en marmottant
quelques paroles en guise de prières: et
il imitait si bien la sainte femme, que
tout le monde le prenait pour elle. Après
s'être arrêté souvent pour satisfaire ces
sortes de gens qui ne recevaient ni bien
ni mal de cette sorte d'imposition de
mains, il arriva enfin dans la place du
palais d'Aladdin, où, comme l'affluence
fut plus grande, l'empressement fut aussi
plus grand à qui s'approcherait de lui.
Les plus forts et les plus zélés fendaient la
foule pour se faire place, et de-là s'éle-
vèrent des querelles dont le bruit se fit
entendre du salon aux vingt-quatre croisées, où était la princesse Badroulboudour.

La princesse demanda ce que c'était
que ce bruit; et comme personne ne put
lui en rien dire, elle commanda qu'on
allât voir, et qu'on vînt lui en rendre

compte. Sans sortir du salon, une de ses femmes regarda par une jalousie, et elle revint lui dire que le bruit venait de la foule du monde qui environnait la sainte femme, pour se faire guérir du mal de tête par l'imposition de ses mains.

La princesse, qui depuis long-temps avait entendu dire beaucoup de bien de la sainte femme, mais qui ne l'avait pas encore vue, eut la curiosité de la voir et de s'entretenir avec elle. Comme elle en eut témoigné quelque chose, le chef de ses eunuques qui était présent, lui dit que si elle le souhaitait, il était aisé de la faire venir, et qu'elle n'avait qu'à commander. La princesse y consentit ; et aussitôt il détacha quatre eunuques, avec ordre d'amener la prétendue sainte femme.

Dès que les eunuques furent sortis de la porte du palais d'Aladdin, qu'on eut vu qu'ils venaient du côté où était le magicien déguisé, la foule se dissipa ; et quand il fut libre, et qu'il eut vu qu'ils venaient à lui, il fit une partie du chemin avec d'autant plus de joie, qu'il voyait que sa fourberie prenait un bon chemin. Celui des eunuques qui prit la parole lui dit : « Sainte femme, la princesse veut vous voir ; venez, suivez-nous. » « La princesse me fait bien de l'honneur, reprit la feinte Fatime ; je suis prête à lui obéir. » Et en même temps elle suivit les eunuques, qui avaient déjà repris le chemin du palais.

Quand le magicien, qui, sous un habit de sainteté, cachait un cœur diabolique, eut été introduit dans le salon aux vingt-quatre croisées, et qu'il eut aperçu la princesse, il débuta par une prière qui contenait une longue énumération de vœux et de souhaits pour sa santé, pour sa prospérité, et pour l'accomplissement de ce qu'elle pouvait désirer. Il déploya ensuite toute sa rhétorique d'imposteur et d'hypocrite pour s'insinuer dans l'esprit de la princesse, sous le manteau d'une grande piété ; et il lui fut d'autant plus aisé de réussir, que la princesse, qui était bonne naturellement, était persuadée que tout le monde était bon comme elle, ceux et celles particulièrement qui faisaient profession de servir Dieu dans la retraite.

Quand la fausse Fatime eut achevé sa longue harangue : « Ma bonne mère, lui dit la princesse, je vous remercie de vos bonnes prières ; j'y ai grande confiance, et j'espère que Dieu les exaucera : approchez-vous, asseyez-vous près de moi. » La fausse Fatime s'assit avec une modestie affectée ; et alors, en reprenant la parole : « Ma bonne mère, dit la princesse, je vous demande une chose qu'il faut que vous m'accordiez ; ne me refusez pas, je vous en prie : c'est que vous demeuriez avec moi, afin que vous m'entreteniez de votre vie, et que j'apprenne de vous, et par vos bons exemples, comment je dois servir Dieu. »

« Princesse, dit alors la feinte Fatime, je vous supplie de ne pas exiger de moi une chose à laquelle je ne puis consentir sans me détourner et me distraire de mes prières et de mes exercices de dévotion. » « Que cela ne vous fasse pas de peine, reprit la princesse : j'ai plusieurs appartemens qui ne sont pas occupés ; vous choisirez celui qui vous conviendra le

mieux , et vous y ferez tous vos exer-
cises avec la même liberté que dans votre
ermitage. »

Le magicien , qui n'avait d'autre but
que de s'introduire dans le palais d'A-
laddin , où il lui serait plus aisé d'exécuter la méchanceté qu'il méditait , en
y demeurant sous les auspices et la protection de la princesse , que s'il eût été
obligé d'aller et de venir de l'ermitage
au palais , et du palais à l'ermitage, ne
fit pas de plus grandes instances pour
s'excuser d'accepter l'offre obligeante
de la princesse. « Princesse , dit - il ,
quelque résolution qu'une femme pauvre
et misérable comme je le suis ait faite de
renoncer au monde , à ses pompes et à
ses grandeurs, je n'ose prendre la hardiesse de résister à la volonté et au commandement d'une princesse si pieuse et
si charitable. »

Sur cette réponse du magicien , la
princesse, en se levant elle-même, lui
dit : « Levez-vous, et venez avec moi,
que je vous fasse voir les appartemens
vides que j'ai, afin que vous choisissiez. »

Il suivit la princesse Badroulboudour ; et de tous les appartemens qu'elle lui fit voir, qui étaient très-propres et très-bien meublés, il choisit celui qui lui parut l'être moins que les autres, en disant par hypocrisie qu'il était trop bon pour lui, et qu'il ne le choisissait que pour complaire à la princesse.

La princesse voulut ramener le fourbe au salon au vingt-quatre croisées, pour le faire dîner avec elle ; mais comme pour manger il eût fallu qu'il se fût découvert le visage qu'il avait toujours eu voilé jusqu'alors, et qu'il craignait que la princesse ne reconnût qu'il n'était pas Fatime la sainte femme, comme elle le croyait, il la pria avec tant d'instance de l'en dispenser, en lui représentant qu'il ne mangeait que du pain et quelques fruits secs, et de lui permettre de prendre son petit repas dans son appartement, qu'elle le lui accorda. « Ma bonne mère, lui dit-elle, vous êtes libre ; faites comme si vous étiez dans votre ermitage : je vais vous faire apporter à manger ; mais souvenez-vous que je vous attends dès que vous aurez pris votre repas. »

La princesse dîna, et la fausse Fatime ne manqua pas de venir la retrouver dès qu'elle eut appris, par un eunuque qu'elle avait prié de l'en avertir, qu'elle était sortie de table. « Ma bonne mère, lui dit la princesse, je suis ravie de posséder une sainte femme comme vous, qui va faire la bénédiction de ce palais. A propos de ce palais, comment le trouvez-vous ? Mais avant que je vous le fasse voir pièce par pièce, dites-moi premièrement ce que vous pensez de ce salon. »

Sur cette demande, la fausse Fatime, qui, pour mieux jouer son rôle, avait affecté jusqu'alors d'avoir la tête baissée, sans même la détourner pour regarder d'un côté ou de l'autre, la leva enfin, et parcourut le salon des yeux d'un bout jusqu'à l'autre ; et quand elle l'eut bien considéré : « Princesse, dit-elle, ce salon est véritablement admirable et d'une grande beauté. Autant néanmoins qu'en peut juger une solitaire qui ne s'entend

pas à ce qu'on trouve beau dans le monde,
il me semble qu'il y manque une chose. »
« Quelle chose, ma bonne mère ? reprit
la princesse Badroulboudour ; apprenez-
le-moi, je vous en conjure. Pour moi,
j'ai cru, et l'avais entendu dire ainsi,
qu'il n'y manquait rien. S'il y manque
quelque chose, j'y ferai remédier. «

« Princesse, repartit la fausse Fatime
avec une grande dissimulation, pardonnez-moi la liberté que je prends ; mon
avis, s'il peut être de quelqu'importance,
serait que si, au haut et au milieu de ce
dôme, il y avait un œuf de roc suspendu, ce salon n'aurait point de pareil
dans les quatre parties du monde ; et votre
palais serait la merveille de l'univers. »

« La bonne mère, demanda la princesse, quel oiseau est-ce que le roc, et où
pourrait-on en trouver en œuf ? » « Princesse, répondit la fausse Fatime, c'est
un oiseau d'une grandeur prodigieuse,
qui habite au plus haut du mont Caucase :
l'architecte de votre palais peut vous en
trouver un. »

Après avoir remercié la fausse Fatime

de son bon avis, à ce qu'elle croyait, la princesse Badroulboudour continua de s'entretenir avec elle sur d'autres sujets ; mais elle n'oublia pas l'œuf de roc, qui fit qu'elle compta bien d'en parler à Aladdin dès qu'il serait revenu de la chasse. Il y avait six jours qu'il y était allé ; et le magicien, qui ne l'avait pas ignoré, avait voulu profiter de son absence. Il revint le même jour sur le soir, dans le temps que la fausse Fatime venait de prendre congé de la princesse, et de se retirer à son appartement. En arrivant, il monta à l'appartement de la princesse, qui venait d'y rentrer. Il la salua et il l'embrassa ; mais il lui parut qu'elle le recevait avec un peu de froideur. « Ma princesse, dit-il, je ne retrouve pas en vous la même gaîté que j'ai coutume d'y trouver. Est-il arrivé quelque chose, pendant mon absence, qui vous ait déplu et causé du chagrin ou du mécontentement ? Au nom de Dieu, ne me le cachez pas ; il n'y a rien que je ne fasse pour vous le faire dissiper, s'il est en mon pouvoir ! » « C'est peu de chose, reprit la princesse, et cela me donne si peu d'inquiétude, que je n'ai pas cru qu'il eût rejailli sur mon visage pour vous en faire apercevoir. Mais puisque, contre mon attente, vous y apercevez quelqu'altération, je ne vous en dissimulerai pas la cause, qui est de très-peu de conséquence. J'avais cru avec vous, continua la princesse Badroulboudour, que notre palais était le plus superbe, le plus magnifique et le plus accompli qu'il y eût au monde. Je vous dirai néanmoins ce qui m'est venu dans la pensée après avoir bien examiné le salon aux vingt-quatre croisées. Ne trouvez-vous pas, comme moi, qu'il n'y aurait plus rien à désirer, si un œuf de roc était suspendu au milieu de l'enfoncement du dôme ? » « Princesse, repartit Aladdin, il suffit que vous trouviez qu'il y manque un œuf de roc, pour que j'y trouve le même défaut. Vous verrez, par la diligence que je vais apporter à le réparer, qu'il n'y a rien que je ne fasse pour l'amour de vous. »

Dans le moment, Aladdin quitta la princesse Badroulboudour; il monta au salon aux vingt-quatre croisées; et là, après avoir tiré de son sein la lampe qu'il portait toujours sur lui en quelque lieu qu'il allât, depuis le danger qu'il avait couru pour avoir négligé de prendre cette précaution, il la frotta. Aussitôt le Génie se présenta devant lui. « Génie, lui dit Aladdin, il manque à ce dôme un œuf de roc suspendu au milieu de l'enfoncement; je te demande, au nom de la lampe que je tiens, que tu fasses en sorte que ce défaut soit réparé. »

Aladdin n'eût pas achevé de prononcer ces paroles, que le Génie fit un cri si bruyant et si épouvantable, que le salon en fut ébranlé, et qu'Aladdin en chancela, prêt à tomber de son haut. « Quoi, misérable! lui dit le Génie d'une voix à faire trembler l'homme le plus assuré, ne te suffit-il pas que mes compagnons et moi nous ayons fait toute chose en ta considération, pour me demander, par une ingratitude qui n'a pas de pareille, que je t'apporte mon maître, et que je le pende au milieu de la voûte de ce dôme? Cet attentat mériterait que vous fussiez réduits en cendres sur-le-champ, toi, ta femme et ton palais. Mais tu es heureux de n'en être pas l'auteur, et que la demande ne vienne pas directement de ta part. Apprends quel en est le véritable auteur : c'est le frère du magicien africain, ton ennemi, que tu as exterminé comme il le méritait. Il est dans ton palais, déguisé sous l'habit de Fatime la sainte femme, qu'il a assassinée ; et c'est lui qui a suggéré à ta femme de faire la demande pernicieuse que tu m'as faite. Son dessein est de te tuer ; c'est à toi d'y prendre garde. » Et en achevant ces mots il disparut.

Aladdin ne perdit pas une des dernières paroles du Génie. Il avait entendu parler de Fatime la sainte femme, et il n'ignorait pas de quelle manière elle guérissait le mal de tête, à ce que l'on prétendait. Il revint à l'appartement de la princesse, et, sans parler de ce qui venait de lui arriver, il s'assit, en disant qu'un grand mal de tête venait de le prendre tout à coup, et en s'appuyant la main contre le front. La princesse commanda aussitôt qu'on fît venir la sainte femme ; et pendant qu'on alla l'appeler, elle raconta à Aladdin à quelle occasion elle se trouvait dans le palais, où elle lui avait donné un appartement.

La fausse Fatime arriva, et dès qu'elle fut entrée : « Venez, ma bonne mère, lui dit Aladdin ; je suis bien aise de vous voir, et de ce que mon bonheur veut que vous vous trouviez ici. Je suis tourmenté d'un furieux mal de tête qui vient de me saisir. Je demande votre secours par la confiance que j'ai en vos bonnes prières, et j'espère que vous ne me refuserez pas la grâce que vous faites à tant d'affligés de ce mal. » En achevant ces paroles, il se leva en baissant la tête ; et la fausse Fatime s'avança de son côté, mais en portant la main sur un poignard qu'elle avait à sa ceinture sous sa robe. Aladdin, qui l'observait, lui saisit la main avant quelle l'eût tiré, et en lui perçant le cœur du sien, il la jeta morte sur le plancher.

« Mon cher époux, qu'avez-vous fait ? s'écria la princesse dans sa surprise ; vous avez tué la sainte femme ! » « Non, ma princesse, répondit Aladdin sans s'émouvoir, je n'ai pas tué Fatime, mais un scélérat qui m'allait assassiner, si je ne l'eusse

prévenu. C'est ce méchant homme que
vous voyez, ajouta-t-il en le dévoilant, qui
a étranglé Fatime que vous avez cru re-
gretter en m'accusant de sa mort, et qui
s'était déguisé sous son habit pour me poignarder. Et afin que vous le connaissiez
mieux, il était frère du magicien africain
votre ravisseur. » Aladdin lui raconta ensuite par quelle voie il avait appris ces
particularités ; après quoi il fit enlever le
cadavre.

C'est ainsi qu'Aladdin fut délivré de la
persécution des deux frères magiciens. Peu
d'années après, le Sultan mourut dans une
grande vieillesse. Comme il ne laissa pas
d'enfans mâles, la princesse Badroulboudour, en qualité de légitime héritière, lui
succéda et communiqua la puissance su-
prême à Aladdin. Ils régnèrent ensemble
de longues années, et laissèrent une il-
lustre postérité.

Sire, dit la sultane Scheherazade en
achevant l'histoire des aventures arrivées
à l'occasion de la Lampe Merveilleuse,
Votre Majesté, sans doute, aura remarqué dans la personne du magicien africain

un homme abandonné à la passion déme-
surée de posséder des trésors par des
voies condamnables, qui lui en découvri-
rent d'immenses, dont il ne jouit point,
parce qu'il s'en rendit indigne. Dans Aladdin, elle voit au contraire un homme qui
d'une basse naissance, s'élève jusqu'à la
royauté en se servant des mêmes trésors,
qui lui viennent sans les chercher, seulement à mesure qu'il en a besoin pour parvenir à la fin qu'il s'est proposée. Dans le
Sultan, elle aura appris combien un monarque bon, juste et équitable, court de
dangers, et risque même d'être détrôné,
lorsque, par une injustice criante, et contre
toutes les règles de l'équité, il ose, par
une promptitude déraisonnable, condamner un innocent sans vouloir l'entendre
dans sa justification. Enfin, elle aura en
horreur les abominations de deux scélé-
rats de magiciens, dont l'un sacrifie sa vie
pour posséder des trésors ; et l'autre sa
vie et sa religion à la vengeance d'un
scélérat comme lui, et qui, comme
lui aussi, reçoit le châtiment de sa méchanceté.

Le sultan des Indes témoigna à la sultane Scheherazade, son épouse, qu'il était très-satisfait des prodiges qu'il venait d'entendre de la Lampe Merveilleuse, et que les contes qu'elle lui faisait chaque nuit lui faisaient beaucoup de plaisir. En effet, ils étaient divertissans et presque toujours assaisonnés d'une bonne morale. Il voyait bien que la Sultane les faisait adroitement succéder les uns aux autres, et il n'était pas fâché qu'elle lui donnât occasion, par ce moyen, de tenir en suspens, à son égard, l'exécution du serment qu'il avait fait si solennellement de ne garder une femme qu'une nuit, et de la faire mourir le lendemain. Il n'avait presque plus d'autre pensée que de voir s'il ne viendrait point à bout de lui en faire tarir le fond.

Dans cette intention, après avoir entendu la fin de l'histoire d'Aladdin et de Badroulboudour, toute différente de ce qui lui avait été raconté jusqu'alors, dès qu'il fut éveillé, il prévint Dinarzade, et il l'éveilla lui-même, en demandant à la Sultane, qui venait de s'éveiller aussi, si elle était à la fin de ses contes.

« A la fin de mes contes, Sire ! répondit la Sultane en se récriant à cette demande, j'en suis bien éloignée : le nombre en est si grand, qu'il ne me serait pas possible moi-même d'en dire le compte précisément à Votre Majesté. Ce que je crains, Sire, c'est qu'à la fin Votre Majesté ne s'ennuie et ne se lasse de m'entendre, plutôt que je manque de quoi l'entretenir sur cette matière. »

« Otez-vous cette crainte de l'esprit, reprit le Sultan, et voyons ce que vous avez de nouveau à me raconter. »

La sultane Scheherazade, encouragée par ces paroles du Sultan des Indes, commença de lui raconter une nouvelle histoire en ces termes : « Sire, dit-elle, j'ai entretenu plus d'une fois Votre Majesté de quelques aventures arrivées au fameux calife Haroun Alraschid ; il lui en est arrivé grand nombre d'autres, dont celle que voici n'est pas moins digne de votre curiosité. »

LES AVENTURES

DU CALIFE HAROUN ALRASCHID.

QUELQUEFOIS, comme Votre Majesté
ne l'ignore pas, et comme elle peut l'a-
voir expérimenté par elle-même, nous
sommes dans des transports de joie si
extraordinaires, que nous communiquons
d'abord cette passion à ceux qui nous ap-
prochent, ou que nous participons aisément à la leur. Quelquefois aussi nous
sommes dans une mélancolie si profonde,
que nous sommes insupportables à nous-
mêmes, et que bien loin d'en pouvoir dire
la cause, si on nous la demandait, nous
ne pourrions la trouver nous-mêmes si
nous la cherchions.

Le calife était un jour dans cette situation d'esprit, quand Giafar, son grand-
visir fidèle et aimé, vint se présenter devant lui. Ce ministre le trouva seul, ce
qui lui arrivait rarement ; et comme il
s'aperçut, en s'avançant, qu'il était ense-

veli dans une humeur sombre, et même qu'il ne levait pas les yeux pour le regarder, il s'arrêta en attendant qu'il daignât les jeter sur lui.

Le calife enfin leva les yeux, et regarda Giafar; mais il les détourna aussitôt, en demeurant dans la même posture, aussi immobile qu'auparavant.

Comme le grand-visir ne remarqua rien de fâcheux dans les yeux du calife, qui le regardât personnellement, il prit la parole : « Commandeur des croyans, dit-il, Votre Majesté me permet-elle de lui demander d'où peut venir la mélancolie qu'elle fait paraître, et dont il m'a toujours paru qu'elle était si peu susceptible? »

« Il est vrai, Visir, répondit le calife en changeant de situation, que j'en suis peu susceptible; et sans toi, je ne me serais pas aperçu de celle où tu me trouves, et dans laquelle je ne veux pas demeurer davantage. S'il n'y a rien de nouveau qui t'ait obligé de venir, tu me feras plaisir d'inventer quelque chose pour me la faire dissiper. »

9.   4

« Commandeur des croyans, reprit le grand-visir Giafar, mon devoir seul m'a obligé de me rendre ici ; et je prends la liberté de faire souvenir à Votre Majesté qu'elle s'est imposée elle-même un devoir de s'éclaircir en personne de la bonne police qu'elle veut qui soit observée dans sa capitale et aux environs. C'est aujourd'hui le jour qu'elle a bien voulu se prescrire pour s'en donner la peine ; et c'est l'occasion la plus propre qui s'offre d'elle-même pour dissiper les nuages qui offusquent sa gaîté ordinaire. »

« Je l'avais oublié, répliqua le calife, et tu m'en fais ressouvenir fort à propos : va donc changer d'habit, pendant que je ferai la même chose de mon côté. »

Ils prirent chacun un habit de marchand étranger ; et, sous ce déguisement, ils sortirent seuls par une porte secrète du jardin du palais, qui donnait sur la campagne. Ils firent une partie du circuit de la ville par les dehors, jusqu'aux bords de l'Euphrate, à une distance assez éloignée de la porte de la ville, qui était de ce côté-là, sans avoir rien observé qui fût contre le bon ordre. Ils traversèrent ce fleuve sur le premier bateau qui se présenta ; et après avoir achevé le tour de l'autre partie de la ville opposée à celle qu'ils venaient de quitter, ils reprirent le chemin du pont qui en faisait la communication.

Ils passèrent ce pont, au bout duquel ils rencontrèrent un aveugle assez âgé, qui demandait l'aumône. Le calife se détourna, et lui mit une pièce de monnaie d'or dans la main.

L'aveugle à l'instant lui prit la main et l'arrêta.

« Charitable personne, dit-il, qui que vous soyez, que Dieu a inspiré de me faire l'aumône, ne me refusez pas la grâce que je vous demande de me donner un soufflet : je l'ai mérité, et même un plus grand châtiment. »

En achevant ces paroles, il quitta la main du calife pour lui laisser la liberté de lui donner le soufflet ; mais de crainte qu'il ne passât outre sans le faire, il le prit par son habit.

Le calife, surpris de la demande et de

l'action de l'aveugle : « Bonhomme, dit-il, je ne puis t'accorder ce que tu me demandes : je me garderais bien d'effacer le mérite de mon aumône par le mauvais traitement que tu prétends que je te fasse.» Et en achevant ces paroles , il fit un effort pour faire quitter prise à l'aveugle.

L'aveugle, qui s'était douté de la répugnance de son bienfaiteur, par l'expérience qu'il en avait depuis long-temps, fit un plus grand effort pour le retenir.

« Seigneur, reprit-il, pardonnez-moi ma hardiesse et mon importunité ; donnez-moi, je vous prie, un soufflet, ou reprenez votre aumône; je ne puis la recevoir qu'à cette condition, sans contrevenir à un serment solennel que j'ai fait devant Dieu; et si vous en saviez la raison, vous tomberiez d'accord avec moi que la peine en est très-légère. »

Le calife, qui ne voulait pas être retardé plus long-temps, céda à l'importunité de l'aveugle, et lui donna un soufflet assez léger. L'aveugle quitta prise aussitôt en le remerciant et en le bénissant. Le calife continua son chemin avec le grand-visir ; mais, à quelques pas de là, il dit au visir : « Il faut que le sujet qui a porté cet aveugle à se conduire ainsi avec tous ceux qui lui font l'aumône, soit un sujet grave. Je serais bien aise d'en être informé : ainsi, retourne, et dis-lui qui je suis, qu'il ne manque pas de se trouver demain au palais, au temps de la prière de l'après-dînée, et que je veux lui parler ».

Le grand-visir retourna sur ses pas, fit son aumône à l'aveugle, et après lui avoir donné un soufflet, il lui donna l'ordre, et il revint rejoindre le calife.

Ils rentrèrent dans la ville, et en passant par une place, ils y trouvèrent grand nombre de spectateurs qui regardaient un homme jeune et bien mis, monté sur une cavale qu'il poussait à toute bride autour de la place, et qu'il maltraitait cruellement à coups de fouet et d'éperons, sans aucun relâche, de manière qu'elle était tout en écume et tout en sang.

Le calife, étonné de l'inhumanité du jeune homme, s'arrêta pour demander si l'on savait quel sujet il avait de maltraiter

ainsi sa cavale ; et il apprit qu'on l'ignorait, mais qu'il y avait déjà quelque temps
que chaque jour, à la même heure, il lui
faisait faire ce pénible exercice.

Ils continuèrent de marcher ; et le calife dit au grand-visir de bien remarquer
cette place, et de ne pas manquer de lui
faire venir demain ce jeune homme à la
même heure que l'aveugle.

Avant que le calife arrivât au palais,
dans une rue par où il y avait long-temps
qu'il n'avait passé, il remarqua un édifice
nouvellement bâti, qui lui parut être l'hôtel de quelque seigneur de la Cour. Il
demanda au grand - visir s'il savait à qui
il appartenait. Le grand-visir répondit
qu'il l'ignorait, mais qu'il allait s'en informer.

En effet, il interrogea un voisin, qui lui
dit que cette maison appartenait à Cogia
Hassan, surnommé Alhabbal, à cause de
la profession de cordier qu'il lui avait vu
lui-même exercer dans une grande pauvreté, et que, sans savoir par quel endroit
la fortune l'avait favorisé, il avait acquis

de si grands biens, qu'il soutenait fort honorablement et splendidement la dépense qu'il avait faite à la faire bâtir.

Le grand-visir alla rejoindre le calife, et lui rendit compte de ce qu'il venait d'apprendre. « Je veux voir ce Cogia Hassan Alhabbal, lui dit le calife ; va lui dire qu'il se trouve aussi demain à mon palais à la même heure que les deux autres. » Le grand-visir ne manqua pas d'exécuter les ordres du calife.

Le lendemain, après la prière de l'après-dînée, le calife entra dans son appartement ; et le grand-visir y introduisit aussitôt les trois personnages dont nous avons parlé, et les présenta au calife.

Ils se prosternèrent tous trois devant le trône du Sultan ; et quand ils furent relevés, le calife demanda à l'aveugle comment il s'appelait.

« Je me nomme Baba-Abdalla, répondit l'aveugle. »

« Baba-Abdalla, reprit le calife, ta manière de demander l'aumône me parut hier si étrange, que si je n'eusse été retenu par de certaines considérations, je

me fusse bien gardé d'avoir la complaisance que j'eus pour toi ; je t'aurais empêché dès-lors de donner davantage au
public le scandale que tu lui donnes. Je
t'ai donc fait venir ici pour savoir de toi
quel est le motif qui t'a poussé à faire un
serment aussi indiscret que le tien ; et sur
ce que tu vas me dire, je jugerai si tu as
bien fait, et si je dois te permettre de
continuer une pratique qui me paraît d'un
très-mauvais exemple. Dis-moi donc, sans
me rien déguiser, d'où t'est venue cette
pensée extravagante : ne me cache rien,
car je veux le savoir absolument. »

Baba-Abdalla, intimidé par cette ré-
primande, se prosterna une seconde fois
le front contre terre devant le trône du
calife ; et après s'être relevé : « Commandeur des croyans, dit-il aussitôt, je demande très-humblement pardon à Votre
Majesté de la hardiesse avec laquelle j'ai
osé exiger d'elle et la forcer de faire une
chose qui, à la vérité, paraît hors du bon
sens. Je reconnais mon crime : mais comme
je ne connaissais pas alors Votre Majesté,
j'implore sa clémence, et j'espère qu'elle

aura égard à mon ignorance. Quand à ce qu'il lui plaît de traiter ce que je fais d'extravagance, j'avoue que c'en est une, et mon action doit paraître telle aux yeux des hommes; mais à l'égard de Dieu, c'est une pénitence très-modique d'un péché énorme dont je suis coupable, et que je n'expierais pas, quand tous les mortels m'accableraient de soufflets les uns après les autres. C'est de quoi Votre Majesté sera le juge elle-même, quand, par le récit de mon histoire que je vais lui raconter, en obéissant à ses ordres, je lui aurai fait connaître quelle est cette faute énorme.

HISTOIRE

DE L'AVEUGLE BABA-ABDALLA.

COMMANDEUR des croyans, continua Baba-Abdálla, je suis né à Bagdad, avec quelques biens dont je devais hériter de mon père et de ma mère, qui moururent tous deux à peu de jours près l'un de l'autre.

Quoique je fusse dans un âge peu avancé, je n'en usai pas néanmoins en jeune homme, qui les eût dissipés en peu de temps par des dépenses inutiles et dans la débauche. Je n'oubliai rien, au contraire, pour les augmenter par mon industrie, par mes soins, et par les peines que je me donnais. Enfin, j'étais devenu assez riche pour posséder à moi seul quatre-vingts chameaux, que je louais aux marchands des caravanes, et qui me valaient de grosses sommes chaque voyage que je faisais en différens endroits de l'étendue de l'empire de Votre Majesté, où je les accompagnais.

Au milieu de ce bonheur, et avec un puissant désir de devenir encore plus riche, un jour, comme je venais de Balsora à vide, avec mes chameaux que j'y avais conduits chargés de marchandises d'embarquement pour les Indes, et que je les faisais paître dans un lieu fort éloigné de toute habitation, et où le bon pâturage m'avait fait arrêter, un derviche, à pied, qui allait à Balsora, vint m'aborder, et s'assit auprès de moi pour se délasser. Je

lui demandai d'où il venait et où il allait.
Il me fit les mêmes demandes; et après
que nous eûmes satisfait notre curiosité de
part et d'autre, nous mîmes nos provi-
sions en commun, et nous mangeâmes
ensemble.

En faisant notre repas, après nous être
entretenus de plusieurs choses indifférentes, le derviche me dit que dans un
lieu peu éloigné de celui où nous étions,
il avait connaissance d'un trésor plein de
tant de richesses immenses, que quand
mes quatre-vingts chameaux seraient
chargés de l'or et des pierreries qu'on en
pouvait tirer, il ne paraîtrait presque
pas qu'on en eût rien enlevé.

Cette bonne nouvelle me surprit et
me charma en même-temps. La joie que
je ressentis en moi-même faisait que je ne
me possédais plus. Je ne croyais pas le
derviche capable de m'en faire accroire;
ainsi je me jetai à son cou, en lui disant:
« Bon derviche, je vois bien que vous
vous souciez peu des biens du monde;
ainsi à quoi peut vous servir la connaissance de ce trésor? Vous êtes seul, et

vous ne pouvez en emporter que très-peu de chose. Enseignez-moi où il est ; j'en chargerai mes quatre-vingts chameaux, et je vous en ferai présent d'un, en reconnaissance du bien et du plaisir que vous m'aurez fait. »

J'offrais peu de chose, il est vrai ; mais c'était beaucoup, à ce qu'il me paraissait, par rapport à l'excès d'avarice qui s'était emparé tout à coup de mon cœur, depuis qu'il m'avait fait cette confidence ; et je regardais les soixante-dix-neuf charges qui devaient rester comme presque rien, en comparaison de celle dont je me priverais, en la lui abandonnant.

Le derviche, qui vit ma passion étrange pour les richesses, ne se scandalisant pourtant pas de l'offre déraisonnable que je venais de lui faire : « Mon frère, me dit-il sans s'émouvoir, vous voyez bien vous-même que ce que vous m'offrez n'est pas proportionné au bienfait que vous demandez de moi. Je pouvais me dispenser de vous parler du trésor, et garder mon secret ; mais ce que j'ai bien voulu vous en dire, peut vous faire connaître la bonne intention que j'avais, et que j'ai encore ; de vous obliger, et de vous donner lieu de vous souvenir de moi à jamais, en faisant votre fortune et la mienne. J'ai donc une autre proposition plus juste et plus équitable à vous faire ; c'est à vous de voir si elle vous accommode. Vous dites, continua le derviche, que vous avez quatre-vingts chameaux : je suis prêt à vous mener au trésor ; nous les chargerons, vous et moi, d'autant d'or et de pierreries qu'ils en pourront porter, à condition que quand nous les aurons chargés, vous m'en céderez la moitié avec leur charge, et que vous retiendrez pour vous l'autre moitié ; après quoi nous nous séparerons, et les emmènerons où bon nous semblera, vous de votre côté, et moi du mien. Vous voyez que le partage n'a rien qui ne soit dans l'équité, et que si vous me faites grâce de quarante chameaux, vous aurez aussi, par mon moyen, de quoi en acheter un millier d'autres. »

Je ne pouvais disconvenir que la condition que le derviche me proposait ne fût très-équitable. Sans avoir égard néan-

moins aux grandes richesses qui pouvaient
m'en revenir, en l'acceptant, je regardais comme une grande perte la cession
de la moitié de mes chameaux, particulièrement quand je considérais que le derviche ne serait pas moins riche que moi.
Enfin je payais déjà d'ingratitude un bienfait purement gratuit que je n'avais pas
encore reçu du derviche ; mais il n'y
avait pas à balancer : il fallait accepter la
condition, ou me résoudre à me repentir
toute ma vie d'avoir, par ma faute, perdu
l'occasion, de me faire une haute fortune.

Dans le moment même je rassemblai
mes chameaux, et nous partîmes ensemble. Après avoir marché quelque temps,
nous arrivâmes dans un vallon assez spacieux, mais dont l'entrée était fort étroite.
Mes chameaux ne purent passer qu'un à
un; mais comme le terrain s'élargissait,
ils trouvèrent moyen d'y tenir tous ensemble sans s'embarrasser. Les deux montagnes qui formaient ce vallon, en se ter-
minant en un demi-cercle à l'extrémité,
étaient si élevées, si escarpées et si im-
praticables, qu'il n'y avait pas à craindre

qu'aucun mortel nous pût jamais apercevoir.

Quand nous fumes arrivés entre ces
deux montagnes : « N'allons pas plus
loin, me dit le derviche ; arrêtez vos chameaux, et faites-les coucher sur le ventre
dans l'espace que vous voyez, afin que
nous n'ayons pas de peine à les charger ;
et quand vous aurez fait, je procéderai à
l'ouverture du trésor. »

Je fis ce que le derviche m'avait dit,
et je l'allai rejoindre aussitôt. Je le trouvai un fusil à la main, qui amassait un
peu de bois sec pour faire du feu. Sitôt
qu'il en eut fait, il y jeta du parfum, en
prononçant quelques paroles dont je ne
compris par bien le sens, et aussitôt une
grosse fumée s'éleva en l'air. Il sépara
cette fumée ; et dans le moment, quoique le roc qui était entre les deux montagnes, et qui s'élevait fort haut en ligne
perpendiculaire, parût n'avoir aucune apparence d'ouverture, il s'en fit une, grande
au moins comme une espèce de porte à
deux battans, pratiquée dans le même

roc et de la même matière, avec un artifice admirable.

Cette ouverture exposa à mes yeux, dans un grand enfoncement creusé dans ce roc, un palais magnifique, pratiqué plutôt par le travail des Génies que par celui des hommes; car il ne paraissait pas que des hommes eussent pu même s'aviser d'une entreprise si hardie et si surprenante.

Mais, Commandeur des croyans, c'est après coup que je fais cette observation à Votre Majesté; car je ne la fis pas dans le moment. Je n'admirai pas même les richesses infinies que je voyais de tous côtés; et, sans m'arrêter à observer l'économie qu'on avait gardée dans l'arrangement de tant de trésors, comme l'aigle fond sur sa proie, je me jetai sur le premier tas de monnaie d'or qui se présenta devant moi, et je commençai à en mettre dans un sac dont je m'étais déjà saisi, autant que je jugeai pouvoir en porter. Les sacs étaient grands, et je les eusse volontiers emplis tous; mais il fallait les

proportionner aux forces de mes chameaux.

Le derviche fit la même chose que moi;
mais je m'aperçus qu'il s'attachait plutôt
aux pierreries, et comme il m'en eut fait
comprendre la raison, je suivis son exemple, et nous enlevâmes beaucoup plus de
toutes sortes de pierres précieuses que d'or
monnoyé. Nous achevâmes enfin d'emplir
tous nos sacs, et nous en chargeâmes les
chameaux. Il ne restait plus qu'à refermer le trésor et à nous en aller.

Avant que de partir, le derviche rentra dans le trésor; et comme il y avait
plusieurs grands vases d'orfévrerie de toutes sortes de façons, et d'autres matières
précieuses, j'observai qu'il prit dans un
de ces vases une petite boîte d'un certain
bois qui m'était inconnu, et qu'il la mit
dans son sein, après m'avoir fait voir
qu'il n'y avait qu'une espèce de pommade.

Le derviche fit la même cérémonie
pour fermer le trésor, qu'il avait faite
pour l'ouvrir; et après avoir prononcé
certaines paroles, la porte du trésor se

referma, et le rocher nous parut aussi entier qu'auparavant.

Alors nous partageâmes nos chameaux, que nous fîmes lever avec leurs charges. Je me mis à la tête des quarante que je m'étais réservés, et le derviche à la tête des autres que je lui avais cédés.

Nous défilâmes par où nous étions entrés dans le vallon, et nous marchâmes ensemble jusqu'au grand chemin, où nous devions nous séparer : le derviche pour continuer sa route vers Balsora, et moi pour revenir à Bagdad. Pour le remercier d'un si grand bienfait, j'employai les termes les plus forts, et ceux qui pouvaient lui marquer davantage ma reconnaissance, de m'avoir préféré à tout autre mortel pour me faire part de tant de richesses. Nous nous embrassâmes tous deux avec bien de la joie; et après nous être dit adieu, nous nous éloignâmes chacun de notre côté.

Je n'eus pas fait quelques pas pour rejoindre mes chameaux, qui marchaient toujours dans le chemin où je les avais mis, que le démon de l'ingratitude et de l'envie s'empara de mon cœur. Je déplorais la perte de mes quarante chameaux, et encore plus les richesses dont ils étaient chargés. « Le derviche n'a pas besoin de toutes ces richesses, disais - je en moimême ; il est le maître des trésors, et il en aura tant qu'il voudra. » Ainsi je me livrai à la plus noire ingratitude, et je me déterminai tout à coup à lui enlever ses chameaux avec leurs charges.

Pour exécuter mon dessein, je commençai par faire arrêter mes chameaux ; ensuite je courus après le derviche, que j'appelai de toute ma force, pour lui faire comprendre que j'avais encore quelque chose à lui dire, et je lui fis signe de faire aussi arrêter les siens et de m'attendre. Il entendit ma voix, et il s'arrêta.

Quand je l'eus rejoint : « Mon frère, lui dis-je, je ne vous ai pas eu plutôt quitté que j'ai considéré une chose à laquelle je n'avais pas pensé auparavant, et à laquelle peut-être n'avez-vous pas pensé vous-même. Vous êtes un bon derviche, accoutumé à vivre tranquillement, dégagé du soin des choses du monde, et

sans autre embarras que celui de servir
Dieu. Vous ne savez peut-être pas à quelle
peine vous vous êtes engagé en vous chargeant d'un si grand nombre de chameaux.
Si vous vouliez me croire, vous n'en em-
mèneriez que trente, et je crois que vous
aurez encore bien de la difficulté à les
gouverner. Vous pouvez vous en rapporter à moi, j'en ai l'expérience. »

« Je crois que vous avez raison, reprit
le derviche, qui ne se voyait pas en état
de pouvoir me rien disputer; et j'avoue,
ajouta-t-il, que je n'y avais pas fait réflexion. Je commençais déjà à être inquiet sur ce que vous me représentez.
Choisissez donc les dix qu'il vous plaira;
emmenez - les, et allez à la garde de
Dieu. »

J'en mis à part dix; et après les avoir
détournés, je les mis en chemin pour aller
se mettre à la suite des miens. Je ne
croyais pas trouver dans le derviche une
si grande facilité à se laisser persuader.
Cela augmenta mon avidité, et je me
flattai que je n'aurais pas plus de peine à
en obtenir encore dix autres.

En effet, au lieu de le remercier du riche présent qu'il venait de me faire : « Mon frère, lui dis-je encore, par l'intérêt que je prends à votre repos, je ne puis me résoudre à me séparer d'avec vous, sans vous prier de considérer encore une fois combien trente chameaux chargés sont difficiles à mener, à un homme comme vous particulièrement, qui n'êtes pas accoutumé à ce travail. Vous vous trouveriez beaucoup mieux si vous me faisiez une pareille grâce que celle que vous venez de me faire. Ce que je vous en dis, comme vous le voyez, n'est pas tant pour moi et pour mon intérêt, que pour vous faire un plus grand plaisir. Soulagez-vous donc de ces dix autres chameaux sur un homme comme moi, à qui il ne coûte pas plus de prendre soin de cent que d'un seul. »

Mon discours fit l'effet que je souhaitais; et le derviche me céda, sans aucune résistance, les dix chameaux que je lui demandais, de manière qu'il ne lui en resta plus que vingt; et je me vis maître de soixante charges, dont la valeur surpas-

sait les richesses de beaucoup de souve-
rains. Il semble, après cela, que je devais
être content.

Mais, Commandeur des croyans,
semblable à un hydropique, qui, plus
il boit, plus il a soif, je me sentis plus
enflammé qu'auparavant de l'envie de me
procurer les vingt autres qui restaient
encore au derviche.

Je redoublai mes sollicitations, mes
prières et mes importunités, pour faire
condescendre le derviche à m'en accorder encore dix des vingt. Il se rendit de
bonne grâce ; et quant aux dix autres qui
lui restaient, je l'embrassai, je le laissai
et je lui fis tant de caresses, en le conju-
rant de ne me les pas refuser, et de mettre
par-là le comble à l'obligation que je lui
aurais éternellement, qu'il me combla de
joie en m'annonçant qu'il y consentait.

Faites-en un bon usage, mon frère,
ajouta-t-il, et souvenez-vous que Dieu
peut nous ôter les richesses comme il nous
les donne, si nous ne nous en servons à
secourir les pauvres, qu'il se plaît à laisser
dans l'indigence exprès pour donner lieu

aux riches de mériter, par leurs aumônes, une plus grande récompense dans l'autre monde. »

Mon aveuglement était si grand, que je n'étais pas en état de profiter d'un conseil si salutaire. Je ne me contentai pas de me revoir possesseur de mes quatre-vingts chameaux, et de savoir qu'ils étaient chargés d'un trésor inestimable qui devait me rendre le plus fortuné des hommes. Il me vint dans l'esprit que la petite boîte de pommade dont le derviche s'était saisi et qu'il m'avait montrée, pouvait être quelque chose de plus précieux que toutes les richesses dont je lui étais redevable.

L'endroit où le derviche l'a prise, disais-je en moi-même, et le soin qu'il a eu de s'en saisir, me font croire qu'elle renferme quelque chose de mystérieux.

Cela me détermina à faire en sorte de l'obtenir. Je venais de l'embrasser en lui disant adieu : « A propos, lui dis-je en retournant à lui, que voulez-vous faire de cette petite boîte de pommade ? Elle me paraît si peu de chose, ajoutai-je, qu'elle ne vaut pas la peine que vous l'emportiez ; je vous prie de m'en faire présent. Aussi bien un derviche comme vous, qui a renoncé aux vanités du monde, n'a pas besoin de pommade. »

Plût à Dieu qu'il me l'eût refusée cette boîte! Mais quand il l'aurait voulu faire, je ne me possédais plus : j'étais plus fort que lui, et bien résolu à la lui enlever par force, afin que, pour mon entière satisfaction, il ne fût pas dit qu'il eût emporté la moindre chose du trésor, quelque grande que fût l'obligation que je lui avais.

Loin de me la refuser, le derviche la tira d'abord de son sein ; et en me la présentant de la meilleure grâce du monde : « Tenez, mon frère, me dit-il, la voilà ; qu'à cela ne tienne que vous ne soyez content. Si je puis faire davantage pour vous, vous n'avez qu'à demander, je suis prêt à vous satisfaire. »

Quand j'eus la boîte entre les mains, je l'ouvris ; et en considérant la pommade : « Puisque vous êtes de si bonne volonté, lui dis-je, et que vous ne vous las-

sez pas de m'obliger, je vous prie de vouloir bien me dire quel est l'usage particulier de cette pommade. »

« L'usage en est surprenant et merveilleux, repartit le derviche. Si vous appliquez un peu de cette pommade autour
de l'œil gauche et sur la paupière, elle
fera paraître devant vos yeux tous les trésors qui sont cachés dans le sein de la
terre; mais si vous en appliquez de même
à l'œil droit, elle vous rendra aveugle. »

Je voulais avoir moi-même l'expérience d'un effet si admirable. « Prenez
la boîte, dis-je au derviche en la lui présentant, et appliquez-moi vous même de
cette pommade à l'œil gauche : vous entendez cela mieux que moi. Je suis dans
l'impatience d'avoir l'expérience d'une
chose qui me paraît incroyable. »

Le derviche voulut bien se donner
cette peine; il me fit fermer l'œil gauche,
et m'appliqua la pommade. Quand il eut
fait, j'ouvris l'œil, et j'éprouvai qu'il m'a-
vait dit la vérité. Je vis en effet un nombre
infini de trésors remplis de richesses si

9.   6

prodigieuses et si diversifiées, qu'il ne me serait pas possible d'en faire le détail au juste. Mais comme j'étais obligé de tenir l'œil droit fermé avec la main, et que cela me fatiguait, je priai le derviche de m'appliquer aussi de cette pommade autour de cet œil.

« Je suis prêt à le faire, me dit le derviche; mais vous devez vous souvenir, ajouta-t-il, que je vous ai averti que si vous en mettez sur l'œil droit, vous deviendrez aveugle aussitôt. Telle est la vertu de cette pommade; il faut que vous vous y accommodiez. »

Loin de me persuader que le derviche me dît la vérité, je m'imaginai au contraire qu'il y avait encore quelque nouveau mystère qu'il voulait cacher.

« Mon frère, repris-je en souriant, je vois bien que vous voulez m'en faire accroire; il n'est pas naturel que cette pommade fasse deux effets si opposés l'un à l'autre. »

« La chose est pourtant comme je vous le dis, repartit le derviche en prenant le nom de Dieu à témoin, et vous devez m'en croire sur ma parole ; car je ne sais point déguiser la vérité. »

Je ne voulus pas me fier à la parole du derviche, qui me parlait en homme d'honneur : l'envie insurmontable de contempler à mon aise tous les trésors de la terre, et peut-être d'en jouir toutes les fois que je voudrais m'en donner le plaisir, fit que je ne voulus pas écouter ses remontrances, ni me persuader d'une chose qui cependant n'était que trop vraie, comme je l'expérimentai bientôt après à mon grand malheur.

Dans la prévention où j'étais, j'allai m'imaginer que si cette pommade avait la vertu de me faire voir tous les trésors de la terre en l'appliquant sur l'œil gauche, elle avait peut-être la vertu de les mettre à ma disposition en l'appliquant sur le droit. Dans cette pensée, je m'obstinai à presser le derviche de m'en appliquer lui-même autour de l'œil droit ; mais il refusa constamment de le faire.

« Après vous avoir fait un si grand bien, mon frère, me dit-il, je ne puis me

résoudre à vous faire un si grand mal.
Considérez bien vous-même quel malheur
est celui d'être privé de la vue, et ne me
réduisez pas à la nécessité fâcheuse de
vous complaire dans une chose dont vous
aurez à vous repentir toute votre vie. »

Je poussai mon opiniâtreté jusqu'au
bout. « Mon frère, lui dis-je assez ferme-
ment, je vous prie de passer par dessus
toutes les difficultés que vous me faites,
vous m'avez accordé fort généreusement
tout ce que je vous ai demandé jusqu'à
présent ; voulez-vous que je me sépare de
vous mal satisfait pour une chose de si
peu de conséquence ? Au nom de Dieu,
accordez-moi cette dernière faveur. Quoi
qu'il en arrive, je ne m'en prendrai pas
à vous, et la faute en sera sur moi seul. »

Le derviche fit toute la résistance
possible ; mais comme il vit que j'étais en
état de l'y forcer : « Puisque vous le voulez absolument, me dit-il, je vais vous
contenter. »

Il prit un peu de cette pommade fatale, et me l'appliqua donc sur l'œil droit,
que je tenais fermé. Mais, hélas ! quand

je vins à l'ouvrir, je ne vis que ténèbres
épaisses de nfes deux yeux, et je demeurai aveugle comme vous me voyez.

« Ah! malheureux derviche, m'écriai-je
dans le moment, ce que vous m'avez prédit n'est que trop vrai! Fatale curiosité!
ajoutai-je, désir insatiable des richesses,
dans quel abîme de malheur m'allez-vous
jeter! Je sens bien à présent que je me
les suis attirés. Mais vous, cher frère,
m'écriai-je encore en m'adressant au derviche, qui êtes si charitable et si bienfai-
sant, entre tant de secrets merveilleux
dont vous avez la connaissance, n'en avez-
vous pas quelqu'un pour me rendre la
vue? »

« Malheureux ! me répondit alors le
derviche, il n'a pas tenu à moi que tu
n'aies évité ce malheur; mais tu n'as que
ce que tu mérites, et c'est l'aveuglement
du cœur qui t'a attiré celui du corps. Il
est vrai que j'ai des secrets, tu l'as pu
connaître dans le peu de temps que j'ai
été avec toi; mais je n'en ai pas pour te
rendre la vue. Adresse-toi à Dieu, si tu
crois qu'il y en ait un; il n'y a que lui

qui puisse te la rendre. Il t'avait donné des richesses dont tu étais indigne; il te les a ôtées, et il va les donner, par mes mains, à des hommes qui n'en seront pas méconnaissans comme toi. »

Le derviche ne m'en dit pas davantage, et je n'avais rien à lui répliquer. Il me laissa seul, accablé de confusion, et plongé dans un excès de douleur qu'on ne peut exprimer; et après avoir rassemblé mes quatre-vingts chameaux, ils les emmena, et poursuivit son chemin jusqu'à Balsora.

Je le priai de ne me point abandonner en cet état malheureux, et de m'aider du moins à me conduire jusqu'à la première caravane; mais il fut sourd à me prières et à mes cris. Ainsi privé de la vue, et de tout ce que je possédais au monde, je serais mort d'affliction et de faim, si le lendemain une caravane qui revenait de Balsora ne m'eût bien voulu recevoir charitablement, et me ramener à Bagdad.

D'un état à m'égaler à des princes; sinon en forces et en puissance, au moins en richesses et en magnificence, je me vis réduit à la mendicité, sans aucune ressource. Il fallut donc me résoudre à demander l'aumóne; et c'est ce que j'ai fait jusqu'à présent. Mais pour expier mon crime envers Dieu, je m'imposai en même temps la peine d'un soufflet de la part de chaque personne charitable qui aurait compassion de ma misère.

Voilà, Commandeur des croyans, le motif de ce qui parut hier si étrange à Votre Majesté, et de ce qui doit m'avoir fait encourir son indignation; je lui en demande pardon encore une fois comme son esclave, en me soumettant à recevoir le châtiment que j'ai mérité. Et si elle daigne prononcer sur la pénitence que je me suis imposée, je suis persuadé qu'elle la trouvera trop légère, et beaucoup au-dessous de mon crime.

Quand l'aveugle eut achevé son histoire, le calife lui dit : « Baba Abdalla, ton péché est grand; mais Dieu soit loué de ce que tu en as connu l'énormité, et de la pénitence publique que tu en as faite jusqu'à présent ! C'est assez; il faut que dorénavant tu la continues dans le particulier, en ne cessant de demander pardon à Dieu dans chacune des prières auxquelles tu es obligé chaque jour par ta religion ; et afin que tu n'en sois pas détourné par le soin de demander ta vie, je te fais une aumône ta vie durant de quatre drachmes d'argent par jour de ma monnaie, que mon grand-visir te fera donner. Ainsi ne t'en retourne pas, et attends qu'il ait exécuté mon ordre. »

A ces paroles, Baba-Abdalla se prosterna devant le trône du calife, et en se relevant il lui fit son remercîment, en lui souhaitant toutes sortes de bonheur et de prospérité.

Le calife Haroun Alraschid, content de l'histoire de Baba-Abdalla et du derviche, s'adressa au jeune homme qu'il avait vu maltraiter sa cavale, et il lui demanda son nom, comme il avait fait à l'aveugle. Le jeune homme lui dit qu'il s'appelait Sidi Nouman.

« Sidi Nouman, lui dit alors le calife, j'ai vu exercer des chevaux toute ma vie, et souvent j'en ai exercé moi-même ; mais je n'en ai jamais vu pousser d'une manière aussi barbare que celle dont tu poussais hier ta cavale en pleine place, au grand scandale des spectateurs, qui en murmuraient hautement. Je n'en fus pas moins scandalisé qu'eux, et il s'en fallut peu que je ne me fisse connaître, contre mon intention, pour remédier à ce désordre. Ton air néanmoins ne me marque pas que tu sois un homme barbare et cruel. Je veux même croire que tu n'en uses pas ainsi sans sujet. Puisque je sais que ce n'est pas la première fois, et qu'il y a déja bien du temps que chaque jour tu fais ce mauvais traitement à ta cavale, je veux savoir quel en est le sujet, et je t'ai fait venir ici afin que tu me l'apprennes. Surtout dis-moi la chose comme elle est, et ne me déguise rien. »

Sidi Nouman comprit aisément ce que le calife exigeait de lui. Ce récit lui faisait de la peine : il changea de couleur plusieurs fois, et fit voir malgré lui combien était grand l'embarras où il se trouvait. Il fallut pourtant se résoudre à en dire le

sujet. Ainsi, avant que de parler, il se
prosterna devant le trône du calife; et
après s'être relevé, il essaya de commencer pour satisfaire le calife; mais il demeura comme interdit , moins frappé de
la majesté du calife, devant lequel il paraissait , que par la nature du récit qu'il
avait à lui faire.

Quelque impatience naturelle que le
calife eût d'être obéi dans ses volontés, il
ne témoigna néanmoins aucune aigreur
du silence de Sidi Nouman : il vit bien
qu'il fallait, ou qu'il manquât de hardiesse
devant lui, ou qu'il fût intimidé du ton
dont il lui avait parlé , ou enfin que dans
ce qu'il avait à lui dire, il pouvait y avoir
des choses qu'il eût bien voulu cacher.

« Sidi Nouman , lui dit le calife pour le
rassurer, reprends tes esprits, et fais état
que ce n'est pas à moi que tu dois raconter
ce que je te demande, mais à quelque ami
qui t'en prie. S'il y a quelque chose dans
ce récit qui te fasse de la peine, et dont
tu crois que je pourrais être offensé, je te
le pardonne dès à présent. Défais-toi donc

de toutes les inquiétudes ; parle-moi à cœur ouvert, et ne me dissimule rien, non plus qu'au meilleur de tes amis. »

Sidi Nouman, rassuré par les dernières paroles du calife, prit enfin la parole : « Commandeur des croyans, dit-il, quelque saisissement dont tout mortel doive être frappé à la seule approche de Votre Majesté et de l'éclat de son trône, je me sens néanmoins assez de force pour croire que ce saisissement respectueux ne m'interdira pas la parole jusqu'au point de manquer à l'obéissance que je lui dois, en lui donnant satisfaction sur toute autre chose que ce qu'elle exige de moi présentement. Je n'ose pas me dire le plus parfait des hommes ; je ne suis pas assez méchant pour avoir commis, et même pour avoir eu la volonté de commettre rien contre les lois, qui puisse me donner lieu d'en redouter la sévérité. Quelque bonne néanmoins que soit mon intention, je reconnais que je ne suis pas exempt de pécher par ignorance ; cela m'est arrivé. En ce cas là, je ne dis pas que j'aie confiance au pardon qu'il a plu à Votre Ma-
-jesté de

m'accorder sans m'avoir entendu ; je me soumets, au contraire, à sa justice, et à être puni si je l'ai mérité. J'avoue que la manière dont je traite ma cavale depuis quelque temps, comme Votre Majesté en a été témoin est étrange, cruelle et de très - mauvais exemple; mais j'espère qu'elle en trouvera le motif bien fondé, et quelle jugera que je suis plus digne de compassion que de châtiment. Mais je ne dois pas la tenir en suspens plus long-temps par un préambule ennuyeux. Voici ce qui m'est arrivé.

HISTOIRE

DE SIDI NOUMAN.

COMMANDEUR des croyans, continua Sidi Nouman, je ne parle pas à Votre Majesté de ma naissance, elle n'est pas d'un assez grand éclat pour mériter qu'elle y fasse attention. Pour ce qui est des biens de la fortune, mes ancêtres, par leur bonne économie, m'en ont laissé autant que j'en pouvais souhaiter pour vivre en honnête homme, sans ambition, et sans être à charge à personne.

Avec ces avantages, la seule chose que je pouvais désirer pour rendre mon bon-—heur accompli était de trouver une femme aimable, qui eût toute ma tendresse, et qui, en m'aimant véritablement, voulût bien le partager avec moi ; mais il n'a pas plu à Dieu de me l'accorder : au contraire, il m'en a donné une qui, dès le lendemain de mes noces, a commencé d'exercer ma patience d'une manière qui ne peut être concevable qu'à ceux qui auraient été exposés à une pareille épreuve.

Comme la coutume veut que nos mariages se fassent sans voir et sans connaître celles que nous devons épouser, Votre Majesté n'ignore pas qu'un mari n'a pas lieu de se plaindre, quand il trouve que la femme qui lui est échue, n'est pas laide à donner de l'horreur, qu'elle n'est pas contrefaite, et que les bonnes mœurs, le bon esprit et la bonne conduite corrigent quelque légère imperfection du corps qu'elle pourrait avoir.

La première fois que je vis ma femme le visage découvert, après qu'on l'eut amenée chez moi avec les cérémonies ordinaires, je me réjouis de voir qu'on ne m'avait pas trompé dans le rapport qu'on m'avait fait de sa beauté : je la trouvai à mon gré, et elle me plut.

Le lendemain de nos noces, on nous servit un dîner de plusieurs mets : je me rendis où la table était mise ; et comme je n'y vis pas ma femme, je la fis appeler. Après m'avoir fait attendre long-temps, elle arriva. Je dissimulai mon impatience, et nous nous mîmes à table.

Je commençai par le riz, que je pris avec une cuiller comme à l'ordinaire. Ma femme, au contraire, au lieu de se servir d'une cuiller, comme tout le monde fait, tira d'un étui qu'elle avait dans sa poche une espèce de cure-oreille, avec lequel elle commença à prendre du riz et à le porter à sa bouche grain à grain ; car il ne pouvait pas en tenir davantage.

Surpris de cette manière de manger :

« Amine, lui dis-je, car c'était son nom, avez-vous appris dans votre famille à manger le riz de la sorte? Le faites-vous ainsi parce que vous êtes une petite mangeuse? ou bien voulez-vous en compter les grains, afin de n'en pas manger plus une fois que l'autre? Si vous en usez ainsi par épargne et pour m'apprendre à ne pas être prodigue, vous n'avez rien à craindre de ce côté-là; et je puis vous assurer que nous ne nous ruinerons jamais par cet endroit-là. Nous avons, par la grâce de Dieu, de quoi vivre aisément, sans nous priver du nécessaire. Ne vous contraignez pas, ma chère Amine, et mangez comme vous me voyez manger. »

L'air affable avec lequel je lui faisais ces remontrances semblait devoir m'attirer quelque réponse obligeante; mais, sans me dire un seul mot, elle continua toujours à manger de la même manière; et afin de me faire plus de peine, elle ne mangea plus de riz que de loin en loin; et au lieu de manger des autres mets avec moi, elle se contenta de porter à sa bouche de temps en temps un peu de pain émietté, à peu près autant qu'un moineau en eût pu prendre.

Son opiniâtreté me scandalisa. Je m'imaginai néanmoins, pour lui faire plaisir et pour l'excuser, qu'elle n'était pas accoutumée à manger avec des hommes, encore moins avec un mari, devant qui on lui avait peut-être enseigné qu'elle devait avoir une retenue qu'elle poussait trop loin par simplicité. Je crus aussi qu'elle pouvait avoir déjeuné ; ou si elle ne l'avait pas fait, qu'elle se réservait pour manger seule en liberté. Ces considérations m'empêchèrent de lui rien dire davantage qui pût l'effaroucher, ou lui donner aucune marque de mécontentement. Après le dîner, je la quittai avec le même air que si elle ne m'eût pas donné sujet d'être très-mal satisfait de ses manières extraordinaires, et je la laissai seule.

Le soir au souper ce fut la même chose ; le lendemain, et toutes les fois que nous mangions ensemble, elle se comportait de la même manière. Je voyais bien qu'il n'était pas possible qu'une femme pût vivre du peu de nourriture qu'elle

prenait, et qu'il y avait là-dessous quelque mystère qui m'était inconnu. Cela
me fit prendre le parti de dissimuler. Je
fis semblant de ne pas faire attention à
ses actions, dans l'espérance qu'avec le
temps elle s'accoutumerait à vivre avec
moi comme je le souhaitais ; mais mon
espérance était vaine, et je ne fus pas
long-temps à en être convaincu.

Une nuit qu'Amine me croyait fort
endormi, elle se leva tout doucement, et
je remarquai qu'elle s'habillait avec de
grandes précautions, pour ne pas faire de
bruit, de crainte de m'éveiller. Je ne pouvais comprendre à quel dessein elle trou-
blait ainsi son repos ; et la curiosité de
savoir ce qu'elle voulait devenir, me fit
feindre un profond sommeil. Elle acheva
de s'habiller, et un moment après elle
sortit de la chambre sans faire le moindre
bruit.

Dès qu'elle fut sortie, je me levai en
jetant ma robe sur mes épaules ; j'eus le
temps d'apercevoir, par une fenêtre qui
donnait sur la cour, qu'elle ouvrit la porte
de la rue, et qu'elle sortit.

Je courus aussitôt à la porte, qu'elle avait laissée entr'ouverte; et, à la faveur du clair de la lune, je la suivis, jusqu'à ce que je la vis entrer dans un cimetière qui était voisin de notre maison. Alors je gagnai le bout d'un mur qui se terminait au cimetière; et après m'être précautionné pour ne pas être vu, j'aperçus Amine avec une goule *.

Votre Majesté n'ignore pas que les goules de l'un et de l'autre sexe sont des démons errans dans les campagnes. Ils habitent d'ordinaire les bâtimens ruinés, d'où ils se jettent par surprise sur les passans, qu'ils tuent et dont ils mangent la chair. Au défaut des passans, ils vont la nuit dans les cimetières se repaître de celle des morts, qu'ils déterrent.

Je fus dans une surprise épouvantable, lorsque je vis ma femme avec cette goule.

---

* Goule *ou* Goul : ce sont, suivant la religion mahométane, des espèces de Larves, qui répondent aux Empuses des anciens, et qui n'en diffèrent qu'en ce que ces derniers étaient toujours du sexe féminin.

Elles déterrèrent un mort qu'on avait en-
terré le même jour, et la goule en coupa
des morceaux de chair à plusieurs reprises, qu'elles mangèrent ensemble, assises
sur le bord de la fosse. Elles s'entretenaient fort tranquillement, en faisant un
repas si cruel et si inhumain ; mais j'étais
trop éloigné, et il ne me fut pas possible
de rien comprendre de leur entretien,
qui devait être aussi étrange que leur
repas, dont le souvenir me fait encore
frémir.

Quand elles eurent fini cet horrible
repas, elles jetèrent le reste du cadavre
dans la fosse, qu'elles remplirent de la
terre qu'elles en avaient ôtée. Je les laissai faire, et je regagnai en diligence notre
maison. En entrant je laissai la porte de
la rue entr'ouverte, comme je l'avais
trouvée ; et après être rentré dans ma
chambre, je me recouchai, et je fis semblant de dormir.

Amine rentra peu de temps après sans
faire de bruit ; elle se déshabilla, et elle
se recoucha de même, avec la joie, comme

je me l'imaginai, d'avoir si bien réussi sans que je m'en fusse aperçu.

L'esprit rempli de l'idée d'une action aussi barbare et aussi abominable que celle dont je venais d'être témoin, avec la répugnance que j'avais de me voir couché près de celle qui l'avait commis, je fus long-temps à pouvoir me rendormir. Je dormis pourtant, mais d'un sommeil si léger, que la première voix qui se fit entendre pour appeler à la prière publique de la pointe du jour, me réveilla. Je m'habillai, et je me rendis à la mosquée.

Après la prière, je sortis hors de la ville, et je passai la matinée à me promener dans les jardins, et à songer au parti que je prendrais pour obliger ma femme à changer de manière de vivre. Je rejetai toutes les voies de violence qui se présentèrent à mon esprit, et je résolus de n'employer que celles de la douceur, pour la retirer de la malheureuse inclination qu'elle avait. Ces pensées me conduisirent insensiblement jusque chez moi, où je rentrai justement à l'heure du dîner.

Dès qu'Amine me vit, elle fit servir,

et nous nous mîmes à table. Comme je
vis qu'elle persistait toujours à ne manger
le riz que grain à grain : « Amine, lui
dis-je avec toute la modération possible,
vous savez combien j'eus lieu d'être surpris le lendemain de nos noces, quand je
vis que vous ne mangiez que du riz, en
si petite quantité, et d'une manière dont
tout autre mari que moi eût été offensé;
vous savez aussi que je me contentai de
vous faire connaître la peine que cela me
faisait, en vous priant de manger aussi des
autres viandes qui nous sont servies, et
que l'on a soin d'accommoder de différentes manières, afin de tâcher de trouver
votre goût. Depuis ce temps-là, vous avez
vu notre table toujours servie de la même
manière, en changeant pourtant quelques-uns des mets, afin de ne pas manger
toujours des mêmes choses. Mes remontrances néanmoins ont été inutiles, et jusqu'à ce jour vous n'avez cessé d'en user
de même et de me faire la même peine.
J'ai gardé le silence, parce que je n'ai pas
voulu vous contraindre, et je serais fâché
que ce que je vous en dis présentement

vous fît la moindre peine ; mais, Amine, dites-moi, je vous en conjure, les viandes que l'on nous sert ici ne valent-elles pas mieux que la chair de morts ? »

Je n'eus pas plutôt prononcé ces dernières paroles, qu'Amine, qui comprit fort bien que je l'avais observée la nuit, entra dans une fureur qui surpasse l'imagination : son visage s'enflamma, les yeux lui sortirent presque hors de la tête, et elle écuma de rage.

Cet état affreux où je la voyais me remplit d'épouvante : je devins comme immobile, et hors-d'état de me défendre de l'horrible méchanceté qu'elle méditait contre moi, et dont Votre Majesté va être surprise. Dans le fort de son emportement, elle prit un vase d'eau qu'elle trouva sous sa main ; elle y plongea ses doigts, en marmotant entre ses dents quelques paroles que je n'entendis pas ; et en me jetant de cette eau au visage, elle me dit d'un ton furieux :

« *Malheureux, reçois la punition de ta curiosité, et deviens chien.* »

A peine Amine, que je n'avais pas

encore connue pour magicienne, eut-elle
vomi ces paroles diaboliques, que tout à
coup je me vis changé en chien. L'étonnement et la surprise où j'étais d'un changement si subit et si peu attendu, m'empêchèrent de songer d'abord à me sauver ;
ce qui lui donna le temps de prendre un
bâton pour me maltraiter. En effet, elle
m'en appliqua de si grands coups, que je
ne sais comment je ne demeurai pas mort
sur la place. Je crus échapper à sa rage
en fuyant dans la cour ; mais elle m'y
poursuivit avec la même fureur ; et de
quelque souplesse que je pus me servir en
courant de côté et d'autre pour les éviter,
je ne fus pas assez adroit pour m'en défendre, et il fallut en essuyer beaucoup
d'autres. Lassée enfin de me frapper et de
me poursuivre, et au désespoir de ne
m'avoir pas assommé, comme elle en avait
envie, elle imagina un nouveau moyen
de le faire : elle entr'ouvrit la porte de la
rue afin de m'y écraser au moment où je
la passerais pour m'enfuir. Tout chien que
j'étais, je me doutai de son pernicieux
dessein ; et comme le danger présent donne

souvent de l'esprit pour se conserver la vie
je pris si bien mon temps, en observant
sa contenance et ses mouvemens, que je
trompai sa vigilance, et que je passai assez vite pour me sauver la vie et éluder sa
méchanceté : j'en fus quitte pour avoir le
bout de la queue un peu foulé.

La douleur que j'en ressentis ne laissa
pas de me faire crier et aboyer en courant le long de la rue ; ce qui fit sortir sur
moi quelques chiens, dont je reçus des
coups de dents. Pour éviter leurs pour-
suites, je me jetai dans la boutique d'un
vendeur de têtes, de langues et de pieds
de moutons cuits, où je me sauvai.

Mon hôte prit d'abord mon parti avec
beaucoup de compassion, en chassant les
chiens qui me poursuivaient, et qui voulaient pénétrer jusque dans sa maison.
Pour moi, mon premier soin fut de me
fourrer dans un coin, où je me dérobai à
leur vue. Je ne trouvai pas néanmoins
chez lui l'asile et la protection que j'avais
espérés. C'était un de ces superstitieux à
outrance qui, sous prétexte que les chiens
sont immondes, ne trouvent pas assez

d'eau ni de savon pour laver leur habit, quand par hasard un chien les a touchés en passant près d'eux. Après que les chiens qui m'avaient donné la chasse furent reti- rés, il fit tout ce qu'il put, à plusieurs fois, pour me chasser dès le même jour ; mais j'étais caché et hors de ses atteintes. Ainsi je passai la nuit dans sa boutique malgré lui, et j'avais besoin de ce repos pour me remettre du mauvais traitement qu'Amine m'avait fait.

Afin de ne pas ennuyer votre Majesté par des circonstances de peu de consé- quence, je m'arrêterai à lui particulariser les tristes réflexions que je fis alors sur ma métamorphose; je lui ferai remarquer seu- lement que le lendemain, mon hôte étant sorti avant le jour pour faire emplette, il revint chargé de têtes, de langues et de pieds de mouton, et qu'après avoir ouvert sa boutique et pendant qu'il étalait sa mar- chandise, je sortis de mon coin, et je m'en allais, lorsque je vis plusieurs chiens du voisinage, attirés par l'odeur de ces viandes assemblées autour de la boutique de mon hôte, en attendant qu'il leur jetât quelque chose : je me mêlai avec eux en posture de suppliant.

Mon hôte, autant qu'il me le parut, par la considération que je n'avais pas mangé depuis que je m'étais sauvé chez lui, me distingua en me jetant des morceaux plus gros et plus souvent qu'aux autres chiens. Quand il eut achevé ses libéralités, je voulus rentrer dans sa boutique, en le regardant et remuant la queue d'une manière qui pouvait lui marquer que je le suppliais de me faire encore cette faveur ; mais il fut inflexible, et il s'opposa à mon dessein le bâton à la main, et d'un air si impitoyable, que je fus contraint de m'éloigner.

A quelques maisons plus loin, je m'arrêtai devant la boutique d'un boulanger, qui, tout au contraire du vendeur de têtes de moutons, que la mélancolie dévorait, me parut un homme gai et de bonne humeur, et qui l'était en effet. Il déjeunait alors ; et quoique je ne lui eusse donné aucune marque d'avoir besoin de manger, il ne laissa pas néanmoins de me jeter un morceau de pain.

Avant que de me jeter dessus avec avidité, comme font les autres chiens, je le regardai avec un signe de tête et un mouvement de queue, pour lui témoigner ma reconnaissance. Il me sut bon gré de cette espèce de civilité, et il sourit. Je n'avais pas besoin de manger; cependant, pour lui faire plaisir, je pris le morceau de pain, et je le mangeai assez lentement pour lui faire connaître que je le faisais par honneur. Il remarqua tout cela, et voulut bien me souffrir près de sa boutique. J'y demeurai assis et tourné du côté de la rue, pour lui marquer que pour le présent je ne lui demandais autre chose que sa protection.

Il me l'accorda, et même il me fit des caresses qui me donnèrent l'assurance de m'introduire dans la maison. Je le fis d'une manière à lui faire comprendre que ce n'était qu'avec sa permission. Il ne le trouva pas mauvais : au contraire, il me montra un endroit où je pouvais me placer sans lui être incommode; et je me mis en possession de la place, que je

conservai tout le temps que je demeurai
chez lui.

J'y fus toujours fort bien traité ; et il
ne déjeunait, dînait et soupait pas, que
je n'eusse ma part à suffisance. De mon
côté, j'avais pour lui toute l'attache et
toute la fidélité qu'il pouvait exiger de
ma reconnaissance.

Mes yeux étaient toujours attachés
sur lui, et il ne faisait pas un pas dans la
maison que je ne fusse derrière lui à le
suivre. Je faisais la même chose quand le
temps lui permettait de faire quelque
voyage dans la ville pour ses affaires. J'y
étais d'autant plus exact, que je m'étais
aperçu que mon attention lui plaisait, et
que souvent, quand il avait dessein de
sortir, sans me donner lieu de m'en apercevoir, il m'appelait par le nom de Rougeau qu'il m'avait donné.

A ce nom, je m'élançais aussitôt de
ma place dans la rue ; je sautais, je faisais
des gambades et des courses devant la
porte. Je ne cessais toutes ces caresses
que quand il était sorti ; et alors je l'ac-

compagnais fort exactement, en le suivant ou en courant devant lui, et en le
regardant de temps en temps pour lui
marquer ma joie.

Il y avait déjà du temps que j'étais
dans cette maison, lorsqu'un jour une
femme vint acheter du pain. En le payant
à mon hôte, elle lui donna une pièce
d'argent fausse avec d'autres bonnes. Le
boulanger, qui s'aperçut de la pièce
fausse, la rendit à la femme, en lui en
demandant une autre.

La femme refusa de la reprendre, et
prétendit qu'elle était bonne. Mon hôte
soutint le contraire; et dans la contestation : « La pièce, dit-il à cette femme,
est si visiblement fausse, que je suis assuré que mon chien, qui n'est qu'une
bête, ne s'y tromperait pas. Viens çà,
Rougeau, dit-il aussitôt en m'appelant. »
A sa voix, je sautai légèrement sur le
comptoir; et le boulanger, en jetant devant moi les pièces d'argent : « Vois,
ajouta-t-il, n'y a-t-il pas là une pièce
fausse ? » Je regarde toutes ces pièces; et
en mettant la patte dessus la fausse, je la

séparai des autres, en regardant mon
maître, comme pour la lui montrer.

Le boulanger, qui ne s'en était rapporté à mon jugement que par manière
d'acquit, et pour se divertir, fut extrêmement surpris de voir que j'avais si bien
rencontré sans hésiter. La femme, convaincue de la fausseté de la pièce, n'eut
rien à dire, et fut obligée d'en donner
une autre bonne à la place. Dès qu'elle
fut partie, mon maître appela ses voisins, et leur exagéra fort ma capacité,
en leur racontant ce qui s'était passé.

Les voisins en voulurent avoir l'expérience ; et de toutes les pièces fausses
qu'ils me montrèrent, mêlées avec d'autres de bon aloi, il n'y en eut pas une sur
laquelle je ne misse la patte, et que je ne
séparasse d'avec les bonnes.

La femme, de son côté, ne manqua
pas de raconter à toutes les personnes de
sa connaissance qu'elle rencontra dans
son chemin, ce qui venait de lui arriver.
Le bruit de mon habileté à distinguer la
fausse monnaie, se répandit en peu de
temps, non-seulement dans le voisinage,

mais même dans tout le quartier, et insensiblement dans toute la ville.

Je ne manquais pas d'occupation
toute la journée : il fallait contenter tous
ceux qui venaient acheter du pain chez
mon maître, et leur faire voir ce que je
savais faire. C'était un attrait pour tout
le monde, et l'on venait des quartiers les
plus éloignés de la ville pour éprouver
mon habileté. Ma réputation procura à
mon maître tant de pratiques, qu'à peine
pouvait-il suffire à les contenter. Cela
dura long-temps, et mon maître ne put
s'empêcher d'avouer à ses voisins et à ses
amis que je lui valais un trésor.

Mon petit savoir-faire ne manqua pas
de lui attirer des jaloux. On dressa des
embûches pour m'enlever, et il était
obligé de me garder à vue. Un jour une
femme, attirée par cette nouveauté, vint
acheter du pain comme les autres. Ma
place ordinaire était alors sur le comptoir ; elle y jeta six pièces d'argent devant
moi, parmi lesquelles il y en avait une
fausse. Je la débrouillai d'avec les autres ;
et, en mettant la patte sur la pièce fausse,

je la regardai comme pour lui demander
si ce n'était pas celle-là.

« Oui, me dit cette femme en me regardant de même, c'est la fausse, tu ne
t'es pas trompé. »

Elle continua long-temps à me regarder et à me considérer avec admiration
pendant que je la regardais de même. Elle
paya le pain qu'elle était venu acheter ;
et quand elle voulut se retirer, elle me
fit signe de la suivre à l'insu du boulanger.

J'étais toujours attentif aux moyens
de me délivrer d'une métamorphose aussi
étrange que la mienne. J'avais remarqué
l'attention avec laquelle cette femme m'a-
vait examiné. Je m'imaginai qu'elle avait
peut-être connu quelque chose de mon
infortune et de l'état malheureux où j'é-
tais réduit, et je ne me trompais pas. Je
la laissai pourtant en aller, et je me contentai de la regarder. Après avoir fait
deux ou trois pas, elle se retourna, et
voyant que je ne faisais que la regarder
sans bouger de ma place, elle me fit
encore signe de la suivre.

« Alors, sans délibérer davantage, comme je vis que le boulanger était occupé à nettoyer son four pour une cuisson, et qu'il ne prenait pas garde à moi, je sautai à bas du comptoir, et je suivis cette femme, qui me parut en être fort joyeuse.

« Après avoir fait quelque chemin, elle arriva à sa maison ; elle en ouvrit la porte ; et quand elle fut entrée : « Entre, me dit-elle, tu ne te repentiras pas de m'avoir suivie. » Quand je fus entré et qu'elle eut refermé la porte, elle me mena à sa chambre, où je vis une jeune demoiselle d'une grande beauté qui brodait. C'était la fille de la femme charitable qui m'avait amené, habile et expérimentée dans l'art magique, comme je le connus bientôt.

« Ma fille, lui dit la mère, je vous amène le chien fameux du boulanger, qui sait si bien distinguer la fausse monnaie d'avec la bonne. Vous savez que je vous ai dit ma pensée dès le premier bruit qui s'en est répandu, en vous témoignant que ce pouvait bien être un homme changé en chien par quelque méchanceté. Aujourd'hui je me suis avisée d'aller acheter du pain chez ce boulanger. J'ai été témoin de la vérité qu'on a publiée, et j'ai eu l'adresse de me faire suivre par ce chien si rare qui fait la merveille de Bagdad. Qu'en dites-vous, ma fille? Me suis-je trompée dans ma conjecture? »

« Vous ne vous êtes pas trompée, ma mère, répondit la fille; je vais vous le faire voir. »

La demoiselle se leva; elle prit un vase plein d'eau, dans lequel elle plongea la main; et en me jetant de cette eau, elle dit :

« *Si tu es né chien, demeure chien; mais si tu es né homme, reprends la forme d'homme, par la vertu de cette eau.* »

A l'instant l'enchantement fut rompu; je perdis la figure de chien, et je me vis homme comme auparavant.

Pénétré de la grandeur d'un pareil bienfait, je me jetai aux pieds de la demoiselle; et après lui avoir baisé le bas de sa robe : « Ma chère libératrice, lui dis-je, je sens si vivement l'excès de votre bonté, qui n'a pas d'égale, envers un inconnu tel que je suis, que je vous supplie de m'apprendre vous-même ce que je puis faire pour vous en rendre dignement ma reconnaissance, ou plutôt disposez de moi comme d'un esclave qui vous appartient à juste titre : je ne suis plus à moi, je suis à vous ; et afin que vous connaissiez celui qui vous est acquis, je vous dirai mon histoire en peu de mots. »

Alors, après lui avoir dit qui j'étais, je lui fis le récit de mon mariage avec Amine, de ma complaisance et de ma patience à supporter son humeur, de ses manières tout extraordinaires, et de l'indignité avec laquelle elle m'avait traité, par une méchanceté inconcevable ; et je finis en remerciant la mère du bonheur inexprimable qu'elle venait de me procurer.

« Sidi Nouman, me dit la fille, ne parlons pas de l'obligation que vous dites que vous m'avez : la seule connaissance d'avoir fait plaisir à un honnête homme comme

vous, me tient lieu de toute reconnaissance. Parlons d'Amine votre femme. Je
l'ai connue avant votre mariage; et comme
je savais qu'elle était magicienne, elle
n'ignorait pas aussi que j'avais quelque
connaissance du même art, puisque nous
avions pris des leçons de la même maîtresse. Nous nous rencontrions même souvent au bain. Mais comme nos humeurs
ne s'accordaient pas, j'avais un grand
soin d'éviter toute occasion d'avoir aucune liaison avec elle ; en quoi il ma été
d'autant moins difficile de réussir, que,
par la même raison, elle évitait de son
côté d'en avoir avec moi. Je ne suis donc
pas surprise de sa méchanceté. Pour revenir à ce qui vous regarde, ce que je
viens de faire pour vous ne suffit pas, je
veux achever ce que j'ai commencé. En
effet, ce n'est pas assez d'avoir rompu
l'enchantement par lequel elle vous avait
exclu si méchamment de la société des
hommes, il faut que vous l'en punissiez
comme elle le mérite, en rentrant chez
vous pour y reprendre l'autorité qui vous
appartient ; et je veux vous en donner le

moyen. Entretenez-vous avec ma mère : je vais revenir. »

Ma libératrice entra dans un cabinet ; et pendant qu'elle y resta , j'eus le temps de témoigner encore une fois à la mère combien je lui étais obligé , aussi bien qu'à sa fille.

« Ma fille, me dit-elle , comme vous le voyez , n'est pas moins expérimentée dans l'art magique qu'Amine ; mais elle en fait un si bon usage, que vous seriez étonné d'apprendre tout le bien qu'elle a fait et qu'elle fait presque chaque jour par le moyen de la connaissance qu'elle en a. C'est pour cela que je l'ai laissée faire , et que je la laisse faire encore jusqu'à présent. Je ne le souffrirais pas , si je m'apercevais qu'elle en abusât en la moindre chose. »

La mère avait commencé à me raconter quelques-unes des merveilles dont elle avait été témoin , quand sa fille rentra avec une petite bouteille à la main.

Sidi Nouman, me dit elle , mes livres, que je viens de consulter, m'apprennent qu'Amine n'est pas chez vous à l'heure qu'il est , mais qu'elle doit y revenir incessamment. Ils m'apprennent aussi que la dissimulée fait semblant , devant vos domestiques , d'être dans une grande inquiétude de votre absence ; et elle leur a fait accroire qu'en dînant avec vous , vous vous étiez souvenu d'une affaire qui vous avait obligé de sortir sans différer ; qu'en sortant vous aviez laissé la porte ouverte , et qu'un chien était entré, et était venu jusque dans la salle où elle achevait de dîner , et qu'elle l'avait chassé à grands coups de bâton. Retournez donc à votre maison sans perdre de temps avec la petite bouteille que voici , et que je vous mets entre les mains. Quand on vous aura ouvert , attendez dans votre chambre qu'Amine rentre : elle ne vous fera pas attendre long-temps. Dès qu'elle sera rentrée , descendez dans la cour, et présentez-vous à elle face à face. Dans la surprise où elle sera de vous revoir , contre son attente , elle tournera le dos pour prendre la fuite ; alors jetez-lui de l'eau de cette bouteille que vous tiendrez prête ; et en la jetant, prononcez hardiment ces paroles :

« *Reçois le châtiment de ta méchanceté.* »

« Je ne vous en dis pas d'avantage : vous en verrez l'effet. »

Après ces paroles de ma bienfaitrice, que je n'oubliai pas, comme rien ne m'arrêtait plus, je pris congé d'elle et de sa mère, avec tous les témoignages de la plus parfaite reconnaissance, et une protestation sincère que je me souviendrais éternellement de l'obligation que je leur avais, et je retournai chez moi.

Les choses se passèrent comme la jeune magicienne me l'avait prédit. Amine ne fut pas long-temps à rentrer. Comme elle s'avançait, je me présentai à elle, l'eau dans la main, prêt à la lui jeter. Elle fit un grand cri ; et comme elle se fut retournée pour regagner la porte, je lui jetai l'eau en prononçant les paroles que la jeune magicienne m'avait enseignées ; et aussitôt elle fut changée en une cavale, et c'est celle que Votre Majesté vit hier.

A l'instant, et dans la surprise où elle
était, je la saisis au crin ; et malgré sa résistance je la tirai dans mon écurie. Je lui
passai un licou ; et après l'avoir attachée,
en lui reprochant son crime et sa méchanceté, je la châtiai à grands coups de fouet,
si long-temps, que la lassitude enfin m'o-
bligea de cesser ; mais je me réservai de lui
faire chaque jour un pareil châtiment.

« Commandeur des croyans , ajouta
Sidi Nouman en achevant son histoire,
j'ose espérer que Votre Majesté ne désap-
prouvera pas ma conduite, et qu'elle trouvera qu'une femme si méchante et si pernicieuse est traitée avec plus d'indulgence
qu'elle ne mérite. »

Quand le calife vit que Sidi Nouman
n'avait plus rien à dire : « Ton histoire
est singulière , lui dit le Sultan , et la méchanceté de ta femme n'est pas excusable.
Aussi je ne condamne pas absolument le
châtiment que tu lui en a fait sentir jusqu'à présent. Mais je veux que tu consi-
dères combien son supplice est grand
d'être réduite au rang des bêtes, et je
souhaite que tu te contentes de la laisser

faire pénitence en cet état. Je t'ordon-
nerais même d'aller t'adresser à la jeune
magicienne qui l'a fait métamorphoser de
la sorte, pour faire cesser l'enchantement,
si l'opiniâtreté et la dureté incorrigible des
magiciens et des magiciennes qui abusent
de leur art, ne m'étaient connues, et que
je ne craignisse de sa part, contre toi,
un effet de sa vengeance plus cruel que
le premier. »

Le calife, naturellement doux et plein
de compassion envers ceux qui souffrent,
même selon leurs mérites, après avoir
déclaré sa volonté à Sidi Nouman, s'a-
dressa au troisième que le grand-visir
Giafar avait fait venir.

« Cogia Hassan, lui dit-il, en passant
hier devant ton hôtel, il me parut si magnifique, que j'eus la curiosité de savoir à
qui il appartenait. J'appris que tu l'avais
fait bâtir, après avoir fait profession d'un
métier qui produisait à peine de quoi vivre.
On me dit aussi que tu ne te méconnais-
sais pas, que tu faisais un bon usage des
richesses que Dieu t'a données, et que tes
voisins disaient mille biens de toi. Tout

cela m'a fait plaisir, ajouta le calife, et je suis bien persuadé que les voies dont il a plu à la Providence de te gratifier de ses dons, doivent être extraordinaires. Je suis curieux de les apprendre par toi-même, et c'est pour me donner cette satisfaction que je t'ai fait venir. Parle-moi donc avec sincérité, afin que je me réjouisse en prenant part à ton bonheur avec plus de connaissance. Et afin que ma curiosité ne te soit point suspecte, et que tu ne croies pas que j'y prenne autre intérêt que celui que je viens de te dire, je te déclare que, loin d'y avoir aucune prétention, je te donne ma protection pour en jouir en toute sûreté. »

Sur ces assurances du calife, Cogia Hassan se prosterna devant son trône, frappa de son front le tapis dont il était couvert, et après qu'il se fut relevé : « Commandeur des croyans, dit-il, tout autre que moi, qui ne se serait pas senti la conscience aussi pure et aussi nette que je me la sens, aurait pu être troublé en recevant l'ordre de venir paraître devant le trône de Votre Majesté; mais comme

je n'ai jamais eu pour elle que des sentimens de respect et de vénération, et que
je n'ai rien fait contre l'obéissance que
je lui dois ni contre les lois qui ait pu
m'attirer son indignation, la seule chose
qui m'ait fait de la peine, est la crainte
dont j'ai été saisi de n'en pouvoir soutenir l'éclat. Néanmoins, sur la bonté
avec laquelle la renommée publie que
Votre Majesté reçoit et écoute le moindre
de ses sujets, je me suis rassuré, et je
n'ai pas douté qu'elle ne me donnât elle-
même le courage et la confiance de lui
procurer la satisfaction qu'elle pourrait
exiger de moi. C'est, Commandeur des
croyans, ce que Votre Majesté vient de
me faire expérimenter, en m'accordant
votre puissante protection, sans savoir si
je la mérite. J'espère néanmoins qu'elle
demeurera dans un sentiment qui m'est
si avantageux, quand, pour satisfaire à
son commandement, je lui aurai fait le
récit de mes aventures.

Après ce petit compliment, pour se
concilier la bienveillance et l'attention
du calife, et après avoir, pendant quel-

ques momens, rappelé dans sa mémoire
ce qu'il avait à dire, Cogia Hassan reprit
la parole en ces termes :

HISTOIRE

DE COGIA HASSAN ALHABBAL.

COMMANDEUR des croyans, dit - il,
pour mieux faire entendre à Votre Majesté
par quelles voies je suis parvenu au grand
bonheur dont je jouis, je dois avant toute
chose commencer par lui parler de deux
amis intimes, citoyens de cette même
ville de Bagdad, qui vivent encore, et qui
peuvent rendre témoignage de la vérité;
c'est à eux que je suis redevable de mon
bonheur, après Dieu, le premier auteur
de tout bien et de tout bonheur.

Ces deux amis s'appellent, l'un Saadi,
et l'autre Saad. Saadi, qui est puissam-
ment riche, a toujours été du sentiment
qu'un homme ne peut être heureux en ce
monde, qu'autant qu'il a des biens et de
grandes richesses pour vivre hors de la
dépendance de qui que ce soit.

Saad est d'un autre sentiment : il convient qu'il faut véritablement avoir des richesses, autant qu'elles sont nécessaires à la vie; mais il soutient que la vertu doit faire le bonheur des hommes, sans d'autre attache aux biens du monde, que par rapport aux besoins qu'ils peuvent en avoir, et pour en faire des libéralités selon leur pouvoir. Saad est de ce nombre, et il vit très-heureux et très-content dans l'état où il se trouve. Quoique Saadi, pour ainsi dire, soit infiniment plus riche que lui, leur amitié néanmoins est très-sincère, et le plus riche ne s'estime pas plus que l'autre. Ils n'ont jamais eu de contestation que sur ce seul point; en toutes choses leur union a toujours été très-uniforme.

Un jour, dans leur entretien à peu près sur la même matière, comme je l'ai appris d'eux-mêmes, Saadi prétendait que les pauvres n'étaient pauvres que parce qu'ils étaient nés dans la pauvreté, ou que, nés avec des richesses, ils les avaient perdues ou par débauche, ou par quelqu'une des fatalités imprévues, qui ne sont pas extraordinaires.

« Mon opinion, disait-il, est que ces pauvres ne le sont que parce qu'ils ne peuvent parvenir à amasser une somme d'argent assez grosse pour se tirer de la misère, en employant leur industrie à la faire valoir; et mon sentiment est que, s'ils venaient à ce point, et qu'ils fissent un usage convenable de cette somme, ils ne deviendraient pas seulement riches, mais même très-opulens avec le temps. »

Saad ne convint pas de la proposition de Saadi.

« Le moyen que vous proposez, reprit-il, pour faire qu'un pauvre devienne riche, ne me paraît pas aussi certain que vous le croyez. Ce que vous en pensez est fort équivoque; et je pourrais appuyer mon sentiment contre le vôtre de plusieurs bonnes raisons, qui nous meneraient trop loin. Je crois, au moins avec autant de probabilité, qu'un pauvre peut devenir riche par tout autre moyen qu'avec une somme d'argent: on fait souvent par hasard, une fortune plus grande et plus surprenante qu'avec une somme d'argent telle que vous le prétendez;

quelque ménagement et quelqu'économie que l'on apporte pour la faire multiplier par un négoce bien conduit. »

« Saad, repartit Saadi, je vois bien que je ne gagnerais rien avec vous, en persistant à soutenir mon opinion contre la vôtre; je veux en faire l'expérience pour vous en convaincre, en donnant, par exemple, en pur don, une somme telle que je me l'imagine à un de ces artisans, pauvres de père en fils, qui vivent au jour la journée, et qui meurent aussi gueux que quand ils sont nés. Si je ne réussis pas, nous verrons si vous réussirez mieux de la manière que vous l'entendez. »

Quelques jours après cette contestation, il arriva que les deux amis, en se promenant, passèrent par le quartier où je travaillais de mon métier de cordier, que j'avais appris de mon père, et qu'il avait appris lui-même de mon aïeul, et ce dernier de nos ancêtres. A voir mon équipage et mon habillement, il n'eut pas de peine à juger de ma pauvreté.

Saad, qui se souvint de l'engagement de Saadi, lui dit : « Si vous n'avez pas oublié à quoi vous vous êtes engagé avec moi, voilà un homme, ajouta-t-il en me désignant, qu'il y a long-temps que je vois faisant le métier de cordier, et toujours dans le même état de pauvreté. C'est un sujet digne de votre libéralité, et tout propre à faire l'expérience dont vous parliez l'autre jour. »

« Je m'en souviens si bien, reprit Saadi, que je porte sur moi de quoi faire l'expérience que vous dites, et je n'attendais que l'occasion que nous nous trouvassions ensemble, et que vous en fussiez témoin. Abordons-le, et sachons si véritablement il en a besoin. »

Les deux amis vinrent à moi ; et comme je vis qu'ils voulaient me parler, je cessai mon travail. Ils me donnèrent l'un et l'autre le salut ordinaire du souhait de paix ; et Saadi, en prenant la parole, me demanda comment je m'appelais.

Je leur rendis le même salut ; et, pour répondre à la demande de Saadi : « Seigneur, lui dis-je, mon nom est Hassan : et à cause de ma profession, je suis connu

communément sous le nom de Hassan Alhabbal. »

« Hassan, reprit Saadi, comme il n'y
a pas de métier qui ne nourrisse son
maître, je ne doute pas que le vôtre ne
vous fasse gagner de quoi vivre à votre
aise ; et même je m'étonne que depuis le
temps que vous l'exercez, vous n'ayez
pas fait quelque épargne, et que vous
n'ayez acheté une bonne provision de
chanvre pour faire plus de travail, tant
par vous-même que par des gens à gage
que vous auriez pris pour vous aider, et
pour vous mettre insensiblement plus au
large. »

« Seigneur, lui repartis-je, vous cesserez de vous étonner que je ne fasse pas
d'épargne, et que je ne prenne pas le chemin que vous dites pour devenir riche,
quand vous saurez qu'avec tout le travail
que je puis faire depuis le matin jusqu'au
soir, j'ai de la peine à gagner de quoi me
nourrir, moi et ma famille, de pain et de
quelques légumes. J'ai une femme et cinq
enfans dont pas un n'est en âge de m'aider en la moindre chose ; il faut les entre-

9.

tenir et les habiller; et dans un ménage, si petit qu'il soit, il y a toujours mille choses nécessaires dont on ne peut se passer. Quoique le chanvre ne soit pas cher, il faut néanmoins de l'argent pour en acheter, et c'est le premier que je mets à part de la vente de mes ouvrages; sans cela il ne me serait pas possible de fournir à la dépense de ma maison. Jugez, Seigneur, ajoutais-je, s'il est possible que je fasse des épargnes pour me mettre plus au large moi et ma famille. Il nous suffit que nous soyons contens du peu que Dieu nous donne, et qu'il nous ôte la connaissance et le désir de ce qui nous manque; mais nous trouvons que rien ne nous manque, quand nous avons pour vivre ce que nous avons accoutumé d'avoir, et que nous ne sommes pas dans la nécessité d'en demander à personne. »

Quand j'eus fait tout ce détail à Saadi : « Hassan, me dit-il, je ne suis plus dans l'étonnement où j'étais, et je comprends toutes les raisons qui vous obligent à vous contenter de l'état où vous vous trouvez. Mais si je vous faisais présent d'une

bourse de deux cents pièces d'or, n'en fe-
riez-vous pas un bon usage ? et ne croyez-
vous pas qu'avec cette somme vous de-
viendriez bientôt au moins aussi riche que
les principaux de votre profession ? »

« Seigneur, repris-je, vous me paraissez un si honnête homme, que je suis persuadé que vous ne voudriez pas vous divertir de moi, et que l'offre que vous me
faites est sérieuse. J'ose donc vous dire,
sans trop présumer de moi, qu'une somme
beaucoup moindre me suffirait, non-seulement pour devenir aussi riche que les
principaux de ma profession, mais même
pour le devenir en peu de temps plus moi
seul qu'ils ne le sont tous ensemble dans
cette grande ville de Bagdad, aussi grande
et aussi peuplée qu'elle l'est. »

Le généreux Saadi me fit voir sur-le-
champ qu'il m'avait parlé sérieusement.
Il tira la bourse de son sein, et en me la
mettant entre les mains : «Prenez, dit-il,
voilà la bourse ; vous y trouverez les deux
cents pièces d'or bien comptées. Je prie
Dieu qu'il y donne sa bénédiction, et
qu'il vous fasse la grâce d'en faire le bon

usage que je souhaite; et croyez que mon ami Saad que voici, et moi, nous aurons un très-grand plaisir quand nous apprendrons qu'elles vous auront servi à vous rendre plus heureux que vous ne l'êtes. »

Commandeur des croyans, quand j'eus reçu la bourse, et que je l'eus mise dans mon sein, je fus dans un transport de joie si grand, et je fus si fort pénétré de ma reconnaissance, que la parole me manqua, et qu'il ne me fut pas possible d'en donner d'autre marque à mon bienfaiteur, que d'avancer la main pour lui prendre le bord de sa robe et le baiser; mais il la retira en s'éloignant, et ils continuèrent leur chemin, lui et son ami.

En reprenant mon ouvrage après leur éloignement, la première pensée qui me vint, fut d'aviser où je mettrais la bourse pour qu'elle fût en sûreté. Je n'avais dans ma petite et pauvre maison, ni coffre, ni armoire qui fermât, ni aucun lieu où je pusse m'assurer qu'elle ne serait pas découverte si je l'y cachais.

Dans cette perplexité, comme j'avais

coutume, avec les pauvres gens de ma
sorte, de cacher le peu de monnaie que
j'avais dans le pli de mon turban, je quittai mon ouvrage et je rentrai chez moi,
sous prétexte de le raccommoder. Je pris
si bien mes précautions, que, sans que
ma femme et mes enfans s'en aperçussent,
je tirai dix pièces d'or de la bourse, que
je mis à part pour les dépenses les plus
pressées, et j'enveloppai le reste dans les
plis de la toile qui entourait mon bonnet.

La principale dépense que je fis dès le
même jour, fut d'acheter une bonne provision de chanvre. Ensuite, comme il y
avait long-temps qu'on n'avait vu de
viande dans ma famille, j'allai à la bou-
cherie, et j'en achetai pour le souper.

En m'en revenant, je tenais ma viande
à la main, lorsqu'un milan affamé, sans
que je pusse me défendre, fondit dessus,
et me l'eût arrachée de la main, si je
n'eusse tenu ferme contre lui. Mais, hélas! j'aurais bien mieux fait de la lui
lâcher, pour ne pas perdre ma bourse.
Plus il trouvait en moi de résistance, plus
il s'opiniâtrait à vouloir me l'enlever. Il

me traînait de côté et d'autre, pendant qu'il se soutenait en l'air sans quitter prise; mais il arriva malheureusement que, dans les efforts que je faisais, mon turban tomba par terre.

Aussitôt le milan lâcha prise, et se jeta sur mon turban avant que j'eusse eu le temps de le ramasser, et l'enleva. Je poussai des cris si perçans, que les hommes, les femmes et les enfans du voisinage en furent effrayés, et joignirent leurs cris aux miens pour tâcher de faire quitter prise au milan.

On réussit souvent, par ce moyen, à forcer ces sortes d'oiseaux voraces à lâcher ce qu'ils ont enlevé; mais les cris n'épouvantèrent pas le milan; il emporta mon turban si loin, que nous le perdîmes tous de vue avant qu'il l'eût lâché. Ainsi, il eût été inutile de me donner la peine et la fatigue de courir après pour le recouvrer.

Je retournai chez moi fort triste de la perte que je venais de faire de mon turban et de mon argent. Il fallut cependant en racheter un autre; ce qui fit une nouvelle diminution aux dix pièces d'or que j'avais tirées de la bourse. J'en avais déjà dépensé pour l'achat du chanvre, et ce qui me restait ne suffisait pas pour me donner lieu de remplir les belles espérances que j'avais conçues.

Ce qui me fit le plus de peine, fut le peu de satisfaction que mon bienfaiteur aurait d'avoir si mal placé sa libéralité, quand il apprendrait le malheur qui m'était arrivé, qu'il regarderait peut-être comme incroyable, et par conséquent comme une vaine excuse.

Tant que dura le peu de pièces d'or qui me restaient, nous nous en ressentîmes ma petite famille et moi ; mais je retombai bientôt dans le même état et dans la même impuissance de me tirer hors de misère, qu'auparavant. Je n'en murmurai pourtant pas. « Dieu, disais-je, a voulu m'éprouver en me donnant du bien dans le temps que je m'y attendais le moins ; il me l'a ôté presque dans le même temps, parce qu'il lui a plu ainsi, et qu'il était à lui. Qu'il en soit loué, comme je l'avais loué jusqu'alors des bienfaits dont il m'a favorisé, tels qu'il lui avait plu aussi! Je me soumets à sa volonté. »

J'étais dans ces sentimens, pendant que ma femme, à qui je n'avais pu m'empêcher de faire part de la perte que j'avais faite, et par quel endroit elle m'était venue, était inconsolable. Il m'était échappé aussi, dans le trouble où j'étais, de dire à mes voisins, qu'en perdant mon turban, je perdais une bourse de cent quatre-vingt-dix pièces d'or. Mais comme ma pauvreté leur était connue, et qu'ils ne pouvaient pas comprendre que j'eusse gagné une si grosse somme par mon travail, ils ne firent qu'en rire, et les enfans plus qu'eux.

Il y avait environ six mois que le milan m'avait causé le malheur que je viens de raconter à Votre Majesté, lorsque les deux amis passèrent peu loin du quartier où je demeurais. Le voisinage fit que Saad se souvint de moi. Il dit à Saadi : « Nous ne sommes pas loin de la rue où demeure Hassan Alhabbal; passons-y, et voyons si les deux cents pièces d'or que vous lui avez données ont contribué en quelque chose à le mettre en chemin de faire au moins une fortune meilleure que celle dans laquelle nous l'avons vu. »

« Je le veux bien, reprit Saadi : il y a quelques jours, ajouta-t-il, que je pensais à lui, en me faisant un grand plaisir de la satisfaction que j'aurais en vous rendant témoin de la preuve de ma proposition. Vous allez voir un grand changement en lui, et je m'attends que nous aurons bien de la peine à le reconnaître. »

Les deux amis s'étaient déjà détournés, et ils entraient dans la rue en même temps que Saadi parlait encore. Saad, qui m'aperçut de loin le premier, dit à son ami : « Il me semble que vous prenez gain de cause trop tôt. Je vois Hassan Alhabbal ; mais il ne me paraît aucun changement en sa personne ; il est aussi mal habillé qu'il l'était quand nous lui avons parlé ensemble. La différence que j'y vois, c'est que son turban est un peu moins malpropre. Voyez vous-même si je me trompe. »

En approchant, Saadi, qui m'avait aperçu aussi, vit bien que Saad avait raison ; et il ne savait sur quoi fonder le

peu de changement qu'il voyait en ma
personne; il en fut même si fort étonné,
que ce ne fut pas lui qui me parla quand
ils m'eurent abordé. Saad, après m'avoir
donné le salut ordinaire : « Eh bien, Hassan, me dit-il, nous ne vous demandons
pas comment vont vos petites affaires depuis que nous ne vous avons vu : elles ont
pris sans doute un meilleur train; les
deux cents pièces d'or doivent y avoir
contribué. »

« Seigneurs, repris-je, en m'adressant à
tous les deux, j'ai une grande mortification d'avoir à vous apprendre que vos
souhaits, vos vœux et vos espérances,
aussi bien que les miennes, n'ont pas eu
le succès que vous aviez lieu d'attendre,
et que je m'étais proposé à moi-même.
Vous aurez de la peine à ajouter foi à
l'aventure extraordinaire qui m'est arrivée. Je vous assure néanmoins, en homme
d'honneur, et vous devez me croire, que
rien n'est plus véritable que ce que vous
allez entendre. »

Alors je leur racontai mon aventure
avec les mêmes circonstances que je viens

d'avoir l'honneur d'exposer à Votre Ma-
-jesté.

Saadi rejeta mon discours bien loin :
« Hassan , dit-il , vous vous moquez de
moi , et vous voulez me tromper. Ce que
vous me dites est une chose incroyable.
Les milans n'en veulent pas aux turbans ;
ils ne cherchent que de quoi contenter
leur avidité. Vous avez fait comme tous
les gens de votre sorte ont coutume de
faire. S'ils font un gain extraordinaire , ou
que quelque bonne fortune qu'ils n'attendaient pas , leur arrive , ils abandonnent
leur travail , ils se divertissent , ils se
régalent , ils font bonne chère tant que
l'argent dure ; et dès qu'ils ont tout mangé , ils se trouvent dans la même nécessité et dans les mêmes besoins qu'auparavant. Vous ne croupissez dans votre
misère que parce que vous le méritez , et
que vous vous rendez vous-même indigne
du bien que l'on vous fait. »

« Seigneur , repris-je , je souffre tous
ces reproches , et je suis prêt à en souffrir encore d'autres bien plus atroces que
vous pourriez me faire ; mais je les souffre

avec d'autant plus de patience, que je ne
crois pas en avoir mérité aucun. La chose
est si publique dans le quartier, qu'il n'y
a personne qui ne vous en rende témoignage. Informez-vous-en vous-même ;
vous trouverez que je ne vous en impose
pas. J'avoue que je n'avais pas entendu
dire que des milans eussent enlevé des
turbans ; mais la chose m'est arrivée,
comme une infinité d'autres qui ne sont
jamais arrivées, et qui cependant arri-
vent tous les jours. »

Saad prit mon parti, et il raconta à
Saadi tant d'autres histoires de milans,
non moins surprenantes, dont quelques-
unes ne lui étaient pas inconnues, qu'à
la fin il tira sa bourse de son sein. Il me
compta deux cents pièces d'or dans la
main, que je mis à mesure dans mon
sein, faute de bourse. Quand Saadi eut
achevé de me compter cette somme :
« Hassan, me dit-il, je veux bien vous
faire encore présent de ces deux cents
pièces d'or ; mais prenez garde de les
mettre dans un lieu si sûr, qu'il ne vous
arrive pas de les perdre aussi malheureu-

sement que vous avez perdu les autres,
et de faire en sorte qu'elles vous procu-
rent l'avantage que les premières devraient vous avoir procuré. »

Je lui témoignai que l'obligation que
je lui avais de cette seconde grâce, était
d'autant plus grande, que je ne la mé-
ritais pas, après ce qui m'était arrivé, et
que je n'oublierais rien pour profiter de
son bon conseil. Je voulais poursuivre,
mais il ne m'en donna pas le temps. Il me
quitta, et il continua sa promenade avec
son ami.

Je ne repris pas mon travail après
leur départ ; je rentrai chez moi, où ma
femme ni mes enfans ne se trouvaient pas
alors. Je mis à part dix pièces d'or des
deux cents, et j'enveloppai les cent quatre-vingt-dix autres dans un linge que je
nouai. Il s'agissait de cacher le linge dans
un lieu de sûreté. Après y avoir bien songé, je m'avisai de le mettre au fond d'un
grand vase de terre, plein de son, qui
était dans un coin, où je m'imaginai bien
que ma femme ni mes enfans n'iraient pas
le chercher. Ma femme revint peu de

temps après ; et comme il ne me restait que très-peu de chanvre, sans lui parler des deux amis, je lui dis que j'allais en acheter.

Je sortis ; mais pendant que j'étais allé faire cette emplète, un vendeur de terre à décrasser, dont les femmes se servent au bain, vint à passer par la rue, et se fit entendre par son cri.

Ma femme, qui n'avait plus de cette terre, appelle le vendeur ; et comme elle n'avait plus d'argent, elle lui demanda s'il voulait lui donner de sa terre en échange pour du son. Le vendeur demande à voir le son ; ma femme lui montre le vase ; le marché se fait, il se conclut. Elle reçoit la terre à décrasser, et le vendeur emporte le vase avec le son.

Je revins chargé de chanvre autant que j'en pouvais porter, suivi de cinq porteurs, chargés comme moi de la même marchandise, dont j'emplis une soupente que j'avais ménagée dans ma maison. Je satisfis les porteurs pour leur peine ; et après qu'ils furent partis, je pris quelques momens pour me remettre de ma lassitude. Alors je jetai les yeux du côté où j'avais laissé le vase de son, et je ne le vis plus.

Je ne puis exprimer à Votre Majesté quelle fut ma surprise, ni l'effet qu'elle produisit en moi dans ce moment. Je demandai à ma femme avec précipitation ce qu'il était devenu ; et elle me raconta le marché qu'elle en avait fait, comme une chose en quoi elle croyait avoir beaucoup gagné.

« Ah, femme infortunée, m'écriai-je, vous ignorez le mal que vous nous avez fait, à moi, à vous même et à vos enfans, en faisant un marché qui nous perd sans ressource ! Vous avez cru ne vendre que du son, et avec ce son, vous avez enrichi votre vendeur de terre à décrasser de cent quatre vingt dix pièces d'or, dont Saadi, accompagné de son ami, venait de me faire présent pour la seconde fois. »

Il s'en fallut peu que ma femme ne se désespérât quand elle eut appris la grande faute qu'elle avait commise par ignorance. Elle se lamenta, se frappa la poitrine, s'arracha les cheveux ; et déchirant l'habit dont elle était revêtue : « Malheureuse que je suis ! s'écria-t-elle, suis-je digne de vivre après une méprise si cruelle ? Où chercherai-je ce vendeur de terre ? Je ne le connais pas, il n'a passé par notre rue que cette seule fois, et peut-être ne le reverrai-je jamais ; Ah, mon mari ! ajouta-t-elle, vous avez un grand tort ; pourquoi avez-vous été si réservé à mon égard dans une affaire de cette importance ? Cela ne fût pas arrivé si vous m'eussiez fait part de votre secret. »

Je ne finirais pas si je rapportais à Votre Majesté tout ce que la douleur lui mit alors dans la bouche. Elle n'ignore pas combien les femmes sont éloquentes dans leurs afflictions.

« Ma femme, lui dis-je, modérez-vous ; vous ne comprenez pas que vous nous allez attirer tous les voisins par vos cris et par vos pleurs : il n'est pas besoin qu'ils soient informés de nos disgrâces. Bien loin de prendre part à notre malheur, ou de nous donner de la consolation, ils se feraient un plaisir de se railler de votre simplicité et de la mienne. Le parti le meilleur que nous ayons à prendre, c'est de dissimuler cette perte, de la supporter patiemment, de manière qu'il n'en paraisse pas la moindre chose, et de nous soumettre à la volonté de Dieu. Bénissons-le, au contraire, de ce que de deux cents pièces d'or qu'il nous avait données, il n'en a retiré que cent quatre-vingt dix, et qu'il nous en a laissé dix par sa libéralité, dont l'emploi que je viens de faire ne laisse pas de nous apporter quelque soulagement. »

Quelque bonnes que fussent mes raisons, ma femme eut bien de la peine à les goûter d'abord. Mais le temps, qui adoucit les maux les plus grands et qui paraissent le moins supportables, fit qu'à la fin elle s'y rendit.

« Nous vivons pauvrement, lui disais-je, il est vrai ; mais qu'ont les riches que nous n'ayons pas ? Ne respirons-nous pas le même air ? Ne jouissons-nous pas de la même lumière et de la même chaleur du soleil ? Quelques commodités qu'ils ont plus que nous, pourraient nous faire envier leur bonheur, s'ils ne mouraient pas comme nous mourons. A le bien prendre ;

munis de la crainte de Dieu, que nous
devons avoir sur toutes choses, l'avantage
qu'ils ont plus que nous est si peu considérable, que nous ne devons pas nous y
arrêter. »

Je n'ennuierai pas Votre Majesté plus
long-temps par mes réflexions morales.
Nous nous consolâmes, ma femme et moi.
et je continuai mon travail, l'esprit aussi
libre que si je n'eusse pas fait des pertes
si mortifiantes, à peu de temps l'une de
l'autre.

La seule chose qui me chagrinait, et
cela arrivait souvent, c'était quand je me
demandais à moi-même comment je pourrais soutenir la présence de Saadi, lorsqu'il viendrait me demander compte de
l'emploi de ses deux cents pièces d'or, et
de l'avancement de ma fortune, par le
moyen de sa libéralité, et que je n'y
voyais autre remède que de me resoudre
à la confusion que j'en aurais, quoique
cette seconde fois, non plus que la première, je n'eusse en rien contribué à ce
malheur par ma faute.

Les deux amis furent plus long-

temps à revenir apprendre des nouvelles
de mon sort que la première fois. Saad
en avait parlé souvent à Saadi ; mais Saadi
avait toujours différé.

« Plus nous différerons, disait-il, plus
Hassan se sera enrichi, et plus la satisfaction que j'en aurai sera grande. »

Saad n'avait pas la même opinion de
l'effet de la libéralité de son ami.

« Vous croyez donc, reprenait-il, que
votre présent aura été mieux employé par
Hassan cette fois que la première ? Je ne
vous conseille pas de vous en trop flatter,
de crainte que votre mortification n'en
soit plus sensible, si vous trouviez que le
contraire fût arrivé. »

« Mais, répétait Saadi, il n'arrive pas
tous les jours qu'un milan emporte un
turban. Hassan y a été attrapé ; il aura
pris ses précautions pour ne pas l'être
une seconde fois. »

« Je n'en doute pas, répliqua Saadi ;
mais, ajouta-t-il, tout autre accident que
nous ne pouvons imaginer, ni vous ni
moi, pourra être arrivé. Je vous le dis
encore une fois, modérez votre joie, et

n'inclinez pas plus à vous prévenir sur le
bonheur d'Hassan, que sur son malheur. Pour vous dire ce que je pense, et
ce que j'ai toujours pensé, quelque mauvais gré que vous puissiez me savoir de
ma persuasion, j'ai un pressentiment que
vous n'aurez pas réussi, et que je réussirai
mieux que vous à prouver qu'un pauvre
homme peut plutôt devenir riche de toute
autre manière qu'avec de l'argent. »

Un jour enfin que Saad se trouvait
chez Saadi, après une longue contestation ensemble : « C'en est trop, dit Saadi,
je veux être éclairci dès aujourd'hui de
ce qui en est. Voilà le temps de la promenade ; ne le perdons pas, et allons
savoir lequel de nous deux aura perdu la
gageure. »

Les deux amis partirent, et je les vis
de loin. J'en fus tout ému, et je fus sur le
point de quitter mon ouvrage et d'aller
me cacher, pour ne point paraître devant
eux. Attaché à mon travail, je fis semblant de ne les avoir pas aperçus, et je
ne levai les yeux pour les regarder que
quand ils furent si près de moi, et que

m'ayant donné le salut de paix, je ne pus
honnêtement m'en dispenser. Je les bais-
sai aussitôt ; et en leur contant ma dernière disgrâce dans toutes ses circonstances, je leur fis connaître pourquoi ils
me trouvaient aussi pauvre que la première fois qu'ils m'avaient vu.

Quand j'eus achevé : « Vous pouvez
me dire, ajoutai-je, que je devais cacher
les cent quatre-vingt-dix pièces d'or ailleurs que dans un vase de son qui devait
le même jour être emporté de ma maison.
Mais il y avait plusieurs années que ce
vase y était, qu'il servait à cet usage, et
que toutes les fois que ma femme avait
vendu le son, à mesure qu'il en était
plein, le vase était toujours resté. Pouvais-je deviner que ce jour-là même, en
mon absence, un vendeur de terre à décrasser passerait à point nommé ; que ma
femme se trouverait sans argent, et qu'elle
ferait avec lui l'échange qu'elle a fait?
Vous pourriez me dire que je devais en
avertir ma femme ; mais je ne croirai jamais que des personnes aussi sages que je
suis persuadé que vous êtes, m'eussent

donné ce conseil. Pour ce qui est de ne les avoir pas cachées ailleurs, quelle certitude pouvais-je avoir qu'elles y eussent été en plus grande sûreté ? Seigneur, dis-je en m'adressant à Saadi, il n'a pas plu à Dieu que votre libéralité servît à m'enrichir : par un de ses secrets impénétrables que nous ne devons pas approfondir, il me veut pauvre, et non pas riche. Je ne laisse pas de vous en avoir la même obligation que si elle avait eu son effet entier, selon vos souhaits. »

Je me tus, et Saadi, qui prit la parole, me dit : « Hassan, quand je voudrais me persuader que tout ce que vous venez de nous dire est aussi vrai que vous prétendez nous le faire croire, et que ce ne serait pas pour cacher vos débauches ou votre mauvaise économie, comme cela pourrait être, je me garderais bien néanmoins de passer outre, et de m'opiniâtrer à faire une expérience capable de me ruiner. Je ne regrette pas les quatre cents pièces d'or dont je me suis privé pour essayer de vous tirer de la pauvreté ; je l'ai fait par rapport à Dieu, sans attendre autre récompense de votre part que le plaisir de vous avoir fait du bien. Si quelque chose était capable de m'en faire repentir, ce serait de m'être adressé à vous plutôt qu'à un autre, qui peut-être en aurait mieux profité. » Et en se tournant du côté de son ami : « Saad, continua-t-il, vous pouvez connaître, par ce que je viens de dire, que je ne vous donne pas entièrement gain de cause. Il vous est pourtant libre de faire l'expérience de ce que vous prétendez contre moi depuis si long-temps. Faites-moi voir qu'il y ait d'autres moyens que l'argent, capables de faire la fortune d'un homme pauvre, de la manière que je l'entends, et que vous l'entendez, et ne cherchez pas un autre sujet que Hassan. Quoi que vous puissiez lui donner, je ne puis me persuader qu'il devienne plus riche qu'il n'a pu faire avec quatre cents pièces d'or. »

Saad tenait un morceau de plomb dans la main qu'il montrait à Saadi.

« Vous m'avez vu, reprit-il, ramasser à mes pieds ce morceau de plomb; je vais le donner à Hassan, vous verrez ce qu'il lui vaudra. »

Saadi fit un éclat de rire, en se moquant de Saad.

« Un morceau de plomb! s'écria-t-il; hé! que peut-il valoir à Hassan qu'une obole? et que fera-t-il avec une obole? »

Saad, en me présentant le morceau de plomb, me dit : « Laissez rire Saadi, et ne laissez pas de le prendre. Vous nous direz un jour des nouvelles du bonheur qu'il vous aura porté. »

Je crus que Saad ne parlait pas sérieusement, et que ce qu'il en faisait n'était que pour se divertir. Je ne laissai pas de recevoir le morceau de plomb en le remerciant; et, pour le contenter, je le mis dans ma veste, comme par manière d'acquit. Les deux amis me quittèrent pour achever leur promenade, et je continuai mon travail.

Le soir, comme je me déshabillais pour me coucher, et que j'eus ôté ma ceinture, le morceau de plomb que Saad m'avait donné, auquel je n'avais plus songé de-

puis, tomba par terre ; je le ramassai,
et le mis dans le premier endroit que je
trouvai.

La même nuit il arriva qu'un pêcheur
de mes voisins , en accommodant ses
filets, trouva qu'il y manquait un morceau de plomb : il n'en avait pas d'autre pour le remplacer, et il n'était pas
heure d'en envoyer acheter ; les boutiques
étaient fermées. Il fallait cependant, s'il
voulait avoir pour vivre le lendemain, lui
et sa famille, qu'il allât à la pêche deux
heures avant le jour. Il témoigne son chagrin à sa femme, et il l'envoie en demander dans le voisinage pour y suppléer.

La femme obéit à son mari : elle va de
porte en porte, des deux côtés de la rue,
et ne trouve rien. Elle rapporte cette réponse à son mari, qui lui demande, en
lui nommant plusieurs de ses voisins, si
elle avait frappé à leur porte. Elle répondit qu'oui. « Et chez Hassan Alhabbal,
ajouta-t-il ; je gage que vous n'y avez
pas été ? »

« Il est vrai, reprit la femme ; je n'ai
pas été jusque-là, parce qu'il y a trop

9.   12

loin ; et quand j'en aurais pris la peine, croyez-vous que j'en eusse trouvé? Quand on n'a besoin de rien , c'est justement chez lui qu'il faut aller : je le sais par expérience. »

« Cela n'importe, reprit le pêcheur; vous êtes une paresseuse, je veux que vous y alliez. Vous avez été cent fois chez lui sans trouver ce que vous cherchiez ; vous y trouverez peut être aujourd'hui le plomb dont j'ai besoin : encore une fois , je veux que vous y alliez. »

La femme du pêcheur sortit en murmurant et en grondant, et vint frapper à ma porte. Il y avait déjà quelque temps que je dormais ; je me réveillai, en demandant ce qu'on voulait.

« Hassan Alhabbal , dit la femme en haussant la voix , mon mari a besoin d'un peu de plomb pour accommoder ses filets ; si par hasard vous en avez , il vous prie de lui en donner. »

La mémoire du morceau de plomb que Saad m'avait donné m'était si récente, surtout après ce qui m'était arrivé en me déshabillant, que je ne pouvais l'avoir oublié. Je répondis à la voisine que j'en avais, qu'elle attendît un moment, et que ma femme allait lui en donner un morceau.

Ma femme, qui s'était aussi éveillée au bruit, se lève, trouve à tatons le plomb où je lui avais enseigné qu'il était, entr'ouvre la porte et le donne à la voisine.

La femme du pêcheur, ravie de n'être pas venue en vain : « Voisine, dit-elle à ma femme, le plaisir que vous nous faites, à mon mari et à moi, est si grand, que je vous promets tout le poisson que mon mari amènera du premier jet de ses filets, et je vous assure qu'il ne me dédira pas. »

Le pêcheur, ravi d'avoir trouvé, contre son espérance, le plomb qui lui manquait, approuva la promesse que sa femme nous avait faite.

« Je vous sais bon gré, dit-il, d'avoir suivi en cela mon intention. »

Il acheva d'accommoder ses filets, et il alla à la pêche deux heures avant le jour, selon sa coutume. Il n'amena qu'un seul poisson du premier jet de ses filets ; mais

long de plus d'une coudée, et gros à proportion. Il en fit ensuite plusieurs autres
qui furent tous heureux ; mais il s'en fallut
de beaucoup que de tout le poisson qu'il
amena, il y en eût un seul qui approchât
du premier.

Quand le pêcheur eut achevé sa pêche,
et qu'il fut revenu chez lui, le premier
soin qu'il eut fut de songer à moi ; et je
fus extrêmement surpris, comme je travaillais, de le voir se présenter devant
moi chargé de ce poisson.

« Voisin, me dit-il, ma femme vous a
promis cette nuit le poisson que j'amène-
rais du premier jet de mes filets, en reconnaissance du plaisir que vous nous avez
fait, et j'ai approuvé sa promesse. Dieu
ne m'a envoyé pour vous que celui-ci ; je
vous prie de l'agréer. S'il m'en eût envoyé
plein mes filets, ils eussent de même tous
été pour vous. Acceptez-le, je vous prie,
tel qu'il est, comme s'il était plus considérable. »

« Voisin, repris-je, le morceau de plomb
que je vous ai envoyé est si peu de chose,
qu'il ne méritait pas que vous le missiez à

un si haut prix. Les voisins doivent se secourir les uns les autres dans leurs petits
besoins; je n'ai fait pour vous que ce que
je pouvais en attendre dans une occasion
semblable. Ainsi, je refuserais de recevoir
votre présent, si je n'étais persuadé que
vous me le faites de bon cœur; je croirais
même vous offenser si j'en usais de la sorte.
Je le reçois donc, puisque vous le voulez
ainsi, et je vous en fais mon remercîment. »

Nos civilités en demeurèrent là, et je
portai le poisson à ma femme.

« Prenez, lui dis-je, ce poisson que le
pêcheur notre voisin vient de m'apporter, en reconnaissance du morceau de
plomb qu'il nous envoya demander la
nuit dernière; c'est, je crois, tout ce que
nous pouvons espérer de ce présent que
Saad me fit hier, en me promettant qu'il
me porterait bonheur. »

Ce fut alors que je lui parlai du retour
des deux amis, et de ce qui s'était passé
entre eux et moi.

Ma femme fut embarrassée de voir un
poisson si grand et si gros.

« Que voulez-vous, dit-elle, que nous

en fassions ? Notre gril n'est propre que
pour de petits poissons ; et nous n'avons
pas de vase assez grand pour le faire cuire
au court-bouillon. »

« C'est votre affaire, lui dis-je ; accom-
modez-le comme il vous plaira : rôti ou
bouilli, j'en serai content. » En disant ces
paroles, je retournai à mon travail.

En accommodant le poisson, ma femme
tira avec les entrailles un gros diamant,
qu'elle prit pour du verre, quand elle
l'eut nettoyé. Elle avait bien entendu parler de diamans ; et si elle en avait vu ou ma-
nié, elle n'en avait pas assez de connaissance pour en faire la distinction. Elle le
donna au plus petit de nos enfans pour en
faire un jouet avec ses frères et ses sœurs
qui voulaient le voir et le manier tour à
tour, en se le donnant les uns aux autres
pour en admirer la beauté, l'éclat et le
brillant.

Le soir, quand la lampe fut allumée,
nos enfans, qui continuèrent leur jeu, en
se cédant le diamant pour le considérer
l'un après l'autre, s'aperçurent qu'il rendait de la lumière à mesure que ma femme

leur cachait la clarté de la lampe, en se donnant du mouvement pour achever de préparer le souper; et cela engageait les enfans à se l'arracher pour en faire l'expérience. Mais les petits pleuraient quand les plus grands ne le leur laissaient pas autant de temps qu'ils voulaient, et ceux-ci étaient contraints de le leur rendre pour les appaiser.

Comme peu de chose est capable d'amuser les enfans, et de causer de la dispute entre eux, et que cela leur arrive ordinairement, ni ma femme ni moi nous ne fîmes pas d'attention à ce qui faisait le sujet du bruit et du tintamarre dont ils nous étourdissaient. Ils cessèrent enfin quand les plus grands se furent mis à table pour souper avec nous, et que ma femme eut donné aux plus petits chacun leur part.

Après le souper, les enfans se rassemblèrent, et ils recommencèrent le même bruit qu'auparavant. Alors je voulus savoir qu'elle était la cause de leur dispute. J'appelai l'aîné, et je lui demandai quel sujet ils avaient de faire ainsi grand bruit. Il me dit : « Mon père, c'est un morceau de verre qui fait de la lumière quand nous le regardons le dos tourné à la lampe. » Je me le fis apporter, et j'en fis l'expérience.

Cela me parut extraordinaire, et me fit demander à ma femme ce que c'était que ce morceau de verre.

Je ne sais, dit-elle ; c'est un morceau de verre que j'ai tiré du ventre du poisson en le préparant. »

Je ne m'imaginai pas, non plus qu'elle, que ce fût autre chose que du verre. Je poussai néanmoins l'expérience plus loin. Je dis à ma femme de cacher la lampe dans la cheminée ; elle le fit, et je vis que le prétendu morceau de verre faisait une lumière si grande, que nous pouvions nous passer de la lampe pour nous coucher. Je la fis éteindre, et je mis moi-même le morceau de verre sur le bord de la cheminée, pour nous éclairer.

« Voici, dis-je, un autre avantage que le morceau de plomb que l'ami de Saadi m'a donné nous procure, en nous épargnant d'acheter de l'huile. »

Quand mes enfans virent que j'avais fait éteindre la lampe, et que le morceau de verre y suppléait, sur cette merveille ils poussèrent des cris d'admiration si hauts et avec tant d'éclat, qu'ils retentirent bien loin dans le voisinage.

Nous augmentâmes le bruit, ma femme et moi, à force de crier pour les faire taire, et nous ne pûmes le gagner entièrement sur eux que quand ils furent couchés et qu'ils se furent endormis, après s'être entretenus un temps considérable, à leur manière, de la lumière merveilleuse du morceau de verre.

Nous nous couchâmes après eux, ma femme et moi; et le lendemain de grand matin, sans penser davantage au morceau de verre, j'allai travailler à mon ordinaire. Il ne doit pas être étrange que cela soit arrivé à un homme comme moi, qui était accoutumé à voir du verre, et qui n'avais jamais vu de diamans; et si j'en avais vu, je n'avais pas fait d'attention à en connaître la valeur.

Je ferai remarquer à Votre Majesté, en cet endroit, qu'entre ma maison et celle de mon voisin la plus prochaine, il n'y avait qu'une cloison de charpente et de maçonnerie fort légère pour toute séparation. Cette maison appartenait à un juif fort riche, joaillier de profession ; et la chambre où lui et sa femme couchaient joignait à la cloison. Ils étaient déjà couchés et endormis quand mes enfans avaient fait le plus grand bruit. Cela les avait éveillés, et ils avaient été long-temps à se rendormir.

Le lendemain la femme du juif, tant de la part du mari qu'en son propre nom, vint porter ses plaintes à la mienne de l'interruption de leur sommeil dès le premier somme.

« Ma bonne Rachel, c'est ainsi que s'appelait la femme du juif, lui dit ma femme, je suis bien fâchée de ce qui est arrivé, et je vous en fais mes excuses. Vous savez ce que c'est que les enfans : un rien les fait rire, de même que peu de chose les fait pleurer. Entrez, et je vous montrerai le sujet qui fait celui de vos plaintes.

La juive entra, et ma femme prit le

diamant, puisqu'enfin c'en était un, et un d'une grande singularité. Il était encore sur la cheminée; et en le lui présentant: « Voyez, dit-elle, c'est ce morceau de verre qui est cause de tout le bruit que vous avez entendu hier au soir. » Pendant que la juive, qui avait connaissance de toutes sortes de pierreries, examinait ce diamant avec admiration, elle lui raconta comment elle l'avait trouvé dans le ventre du poisson, et tout ce qui en était arrivé.

Quand ma femme eut achevé, la juive, qui savait comment elle s'appelait «: Aishasch, dit-elle en lui remettant le diamant entre les mains, je crois comme vous que ce n'est que du verre; mais comme il est plus beau que le verre ordinaire, et que j'ai un morceau de verre à peu près semblable dont je me pare quelquefois, et qu'il y ferait accompagnement, je l'acheterais si vous vouliez me le vendre. »

Mes enfans, qui entendirent parler de vendre leur jouet, interrompirent la conversation en se récriant contre, et en priant leur mère de le leur garder; ce qu'elle fut contrainte de leur promettre pour les appaiser.

La juive, obligée de se retirer, sortit ; et avant de quitter ma femme qui l'avait accompagnée jusqu'à la porte, elle la pria, en parlant bas, si elle avait dessein de vendre le morceau de verre, de ne le faire voir à personne qu'auparavant elle ne lui en eût donné avis.

Le juif était allé à sa boutique de grand matin, dans le quartier des joailliers. La juive alla l'y trouver, et elle lui annonça la découverte qu'elle venait de faire ; elle lui rendit compte de la grosseur, du poids à peu près, de la beauté, de la belle eau et de l'éclat du diamant, et surtout de sa singularité, qui était de rendre de la lumière la nuit, sur le rapport de ma femme, d'autant plus croyable, qu'il était naïf.

Le juif renvoya sa femme avec ordre d'en traiter avec la mienne, de lui en offrir d'abord peu de chose, autant qu'elle le jugerait à propos, et d'augmenter à proportion de la difficulté qu'elle trouverait, et enfin de conclure le marché à quelque prix que ce fût.

La juive, selon l'ordre de son mari, parla à ma femme en particulier, sans attendre qu'elle se fût déterminée à vendre le diamant, et elle lui demanda si elle en voulait vingt pièces d'or. Pour un morceau de verre, comme elle le pensait, ma femme trouva la somme considérable. Elle ne voulut répondre néanmoins ni oui ni non. Elle dit seulement à la juive qu'elle ne pouvait l'écouter qu'elle ne m'eût parlé auparavant.

Dans ces entrefaites, je venais de quitter mon travail, et je voulais rentrer chez moi pour dîner, comme elles se parlaient à la porte. Ma femme m'arrête, et me demande si je consentais à vendre le morceau de verre qu'elle avait trouvé dans le ventre du poisson, pour vingt pièces d'or que la juive notre voisine en offrait.

Je ne répondis pas sur-le-champ : je fis réflexion à l'assurance avec laquelle Saad m'avait promis, en me donnant le morceau de plomb, qu'il ferait ma fortune ; et la juive crut que c'était parce que je méprisais la somme qu'elle avait offerte, que je ne répondais rien.

« Voisin, me dit-elle, je vous en donnerai cinquante; en êtes-vous content ?»

Comme je vis que de vingt pièces d'or, la juive augmentait si promptement jusqu'à cinquante, je tins ferme, et je lui dis qu'elle était bien éloignée du prix auquel je prétendais le vendre.

« Voisin, reprit-elle, prenez-en cent pièces d'or : c'est beaucoup. Je ne sais même si mon mari m'avouera. »

A cette nouvelle augmentation, je lui dis que je voulais en avoir cent mille pièces d'or ; que je voyais bien que le diamant valait davantage ; mais que pour lui faire plaisir, à elle et à son mari, comme voisins, je me bornais à cette somme que je voulais en avoir absolument, et que s'ils le refusaient à ce prix-là, d'autres joailliers m'en donneraient davantage.

La juive me confirma elle-même dans ma résolution, par l'empressement qu'elle témoigna de conclure le marché, en m'en

offrant à plusieurs reprises jusqu'à cinquante mille pièces d'or que je refusai.

Je ne puis, dit-elle, en offrir davantage sans le consentement de mon mari.
Il reviendra ce soir ; la grâce que je vous
demande, c'est d'avoir la patience qu'il
vous ait parlé, et qu'il ait vu le diamant.
Ce que je lui promis.

Le soir, quand le juif fut revenu chez
lui, il apprit de sa femme qu'elle n'avait
rien avancé avec la mienne ni avec moi,
l'offre qu'elle m'avait faite de cinquante
mille pièces d'or, et la grâce qu'elle m'a-
vait demandée.

Le juif observa le temps que je quittai
mon ouvrage et que je voulus rentrer
chez moi. « Voisin Hassan, dit-il en m'a-
bordant, je vous prie de me montrer le
diamant que votre femme a montré à la
mienne. » Je le fis entrer, et je le lui
montrai.

Comme il faisait fort sombre, et que la
lampe n'était pas encore allumée, il connut d'abord, par la lumière que le diamant rendait, et par son grand éclat au
milieu de ma main qui en était éclairée,

que sa femme lui avait fait un rapport
fidèle. Il le prit. Après l'avoir examiné
long-temps, et en ne cessant de l'admirer : « Eh bien, voisin, dit-il, ma femme, à ce qu'elle m'a dit, vous en a offert
cinquante mille pièces d'or; afin que vous
soyez content, je vous en offre vingt mille
davantage. »

« Voisin, repris-je, votre femme a pu
vous dire que je l'ai mis à cent mille : ou
vous me les donnerez, ou le diamant me
demeurera; il n'y a pas de milieu. »

Il marchanda long-temps, dans l'espérance que je lui donnerais à quelque
chose de moins; mais il ne put rien obtenir, et la crainte qu'il eut que je ne le
fisse voir à d'autres joailliers, comme je
l'eusse fait, fit qu'il ne me quitta pas sans
conclure le marché au prix que je demandais. Il me dit qu'il n'avait pas les cent
mille pièces d'or chez lui ; mais que le
lendemain il me consignerait toute la
somme avant qu'il fût la même heure ; et
il m'en apporta le même jour deux sacs,
chacun de mille, pour que le marché fût
conclu.

Le lendemain, je ne sais si le juif emprunta de ses amis, ou s'il fit société avec d'autres joailliers; quoiqu'il en soit, il me fit la somme de cent mille pièces d'or, qu'il m'apporta dans le temps qu'il m'en avait donné parole; et je lui mis le diamant entre les mains.

La vente du diamant ainsi terminée, et riche infiniment au-dessus de mes espérances, je remerciai Dieu de sa bonté et de sa libéralité, et je fusse allé me jeter aux pieds de Saad, pour lui témoigner ma reconnaissance, si j'eusse su où il demeurait. J'en eusse usé de même à l'égard de Saadi, à qui j'avais la première obligation de mon bonheur, quoiqu'il n'eût pas réussi dans la bonne intention qu'il avait pour moi.

Je songeai ensuite au bon usage que je devais faire d'une somme aussi considérable. Ma femme, l'esprit déjà rempli de la vanité ordinaire à son sexe, me proposa d'abord de riches habillemens pour elle et pour ses enfans, d'acheter une maison et de la meubler richement. »

« Ma femme, lui dis-je, ce n'est point

par ces sortes de dépenses que nous devons commencer. Remettez-vous-en à moi : ce que vous demandez viendra avec le temps. Quoique l'argent ne soit fait que pour le dépenser, il faut néanmoins y procéder de manière qu'il produise un fonds dont on puisse tirer sans qu'il tarisse. C'est à quoi je pense; et, dès demain, je commencerai à établir ce fonds. »

Le jour suivant, j'employai la journée à aller chez une bonne partie des gens de mon métier, qui n'étaient pas plus à leur aise que je l'avais été jusqu'alors; et en leur donnant de l'argent d'avance, je les engageai à travailler pour moi à différentes sortes d'ouvrages de corderie, chacun selon son habileté et son pouvoir, avec promesse de ne pas les faire attendre, d'être exact à les bien payer de leur travail, à mesure qu'ils m'apporteraient de leurs ouvrages. Le jour d'après, j'achevai d'engager de même les autres cordiers de ce rang à travailler pour moi; et depuis ce temps-là, tout ce qu'il y en a dans Bagdad continuent ce travail, très-contens de mon exactitude à leur tenir la parole que je leur ai donnée.

Comme ce grand nombre d'ouvriers devaient produire des ouvrages à proportion, je louai des magasins en différens endroits ; et dans chacun j'établis un commis, tant pour les recevoir que pour la vente en gros et en détail; et bientôt, par cette économie, je me fis un gain et un revenu considérables.

Ensuite, pour réunir en un seul endroit tant de magasins dispersés, j'achetai une grande maison, qui occupait un grand terrain, mais qui tombait en ruine. Je la fis mettre à bas ; et, à la place, je fis bâtir celle que Votre Majesté vit hier. Mais, quelque apparence qu'elle ait, elle n'est composée que de magasins qui me sont nécessaires, et de logemens qu'autant que j'en ai besoin pour moi et pour ma famille.

Il y avait déjà quelque temps que j'avais abandonné mon ancienne et petite maison, pour venir m'établir dans cette nouvelle, quand Saadi et Saad, qui n'avaient plus pensé à moi jusqu'alors, s'en souvinrent. Ils convinrent d'un jour de promenade; et en passant par la rue où ils m'avaient vu, ils furent dans un grand étonnement de ne m'y pas voir occupé à mon petit train de corderie, comme ils m'y avaient vu. Ils demandèrent ce que j'étais devenu, si j'étais mort ou vivant. Leur étonnement augmenta, quand ils eurent appris que celui qu'ils demandaient était devenu un gros marchand, et qu'on ne l'appelait plus simplement Hassan, mais Cogia Hassan Alhabbal, c'est-à-dire, le marchand Hassan le cordier, et qu'il s'était fait bâtir, dans une rue qu'on leur nomma, une maison qui avait l'apparence d'un palais.

Les deux amis vinrent me chercher dans cette rue; et dans le chemin, comme Saadi ne pouvait s'imaginer que le morceau de plomb que Saad m'avait donné fût la cause d'une si haute fortune:

« J'ai une joie parfaite, dit-il à Saad, d'avoir fait la fortune de Hassan Alhabbal. Mais je ne puis approuver qu'il m'ait fait deux mensonges pour me tirer quatre cents pièces d'or, au lieu de deux cents:

car d'attribuer sa fortune au morceau de plomb que vous lui donnâtes, c'est ce que je ne puis, et personne non plus que moi ne l'y attribuerait. »

« C'est votre pensée, reprit Saad; mais ce n'est pas la mienne, et je ne vois pas pourquoi vous voulez faire à Cogia Hassan l'injustice de le prendre pour un menteur. Vous me permettrez de croire qu'il nous a dit la vérité, qu'il n'a pensé à rien moins qu'à nous la déguiser, et que c'est le morceau de plomb que je lui donnai qui est la cause unique de son bonheur. C'est de quoi Cogia Hassan va bientôt nous éclaircir vous et moi. »

Ces deux amis arrivèrent dans la rue où est ma maison, en tenant de semblables discours. Ils demandèrent où elle était; on la leur montra : et à en considérer la façade, ils eurent de la peine à croire que ce fût elle. Ils frappèrent à la porte, et mon portier ouvrit.

Saadi, qui craignait de commettre une incivilité, s'il prenait la maison de quelque seigneur de marque pour celle qu'il cherchait, dit au portier : « On nous a enseigné cette maison pour celle de Cogia Hassan Alhabbal; dites-nous si nous ne nous trompons pas. »

« Non, Seigneur, vous ne vous trompez pas, répondit le portier, en ouvrant la porte plus grande, c'est elle-même. Entrez, il est dans la salle, et vous trouverez parmi les esclaves quelqu'un qui vous annoncera. »

Les deux amis me furent annoncés, et je les reconnus. Dès que je les vis paraître, je me levai de ma place, je courus à eux, et voulus leur prendre le bord de la robe pour le baiser. Ils m'en empêchèrent, et il fallut que je souffrisse malgré moi qu'ils m'embrassassent. Jé les invitai à monter sur un grand sofa, en leur en montrant un plus petit à quatre personnes, qui avançait sur mon jardin. Je les priai de prendre place, et ils voulaient que je me misse à la place d'honneur.

« Seigneurs, leur dis-je, je n'ai pas oublié que je suis le pauvre Hassan Alhabbal; et quand je serais tout autre que je ne suis, et que je ne vous aurais pas les obligations que je vous ai, je sais ce qui vous est dû; je vous supplie de ne me pas couvrir plus long-temps de confusion. »

Ils prirent la place qui leur était due, et je pris la mienne vis-à-vis d'eux.

Alors Saadi en prenant la parole et en me l'adressant : « Cogia Hassan, dit-il, je ne puis exprimer combien j'ai de joie de vous voir à peu près dans l'état que je souhaitais quand je vous fis présent, sans vous en faire un reproche, des deux cents pièces d'or, tant la première que la seconde fois, et je suis persuadé que les quatre cents pièces ont fait en vous le changement merveilleux de votre fortune, que je vois avec plaisir. Une seule chose me fait de la peine, qui est que je ne comprends pas quelle raison vous pouvez avoir eue de me déguiser la vérité deux fois, en alléguant des pertes arrivées par des contre-temps qui m'ont paru et qui me paraissent encore incroyables. Ne serait-ce pas que, quand nous vous vîmes la dernière fois, vous aviez encore si peu avancé vos petites affaires, tant avec les deux cents premières, qu'avec les deux cents dernières pièces d'or, que vous eûtes honte d'en faire un aveu? Je veux le croire ainsi par avance, et je m'attends que vous allez me confirmer dans mon opinion. »

Saad entendit ce discours de Saadi avec grande impatience, pour ne pas dire indignation, et il le témoigna les yeux baissés, en branlant la tête. Il le laissa parler néanmoins jusqu'à la fin, sans ouvrir la bouche. Quand il eut achevé : « Saadi, reprit-il, pardonnez si, avant que Cogia vous réponde, je le préviens pour vous dire que j'admire votre prévention contre sa sincérité, et que vous persistez à ne vouloir pas ajouter foi aux assurances qu'il vous en a données ci-devant. Je vous ai déjà dit, et je vous le répète, que je l'ai cru d'abord, sur le simple récit des deux accidens qui lui sont arrivés; et quoique vous en puissiez dire, je suis persuadé qu'ils sont véritables. Mais laissons-le parler; nous allons être éclaircis par lui-même qui de nous deux lui rend justice.

Après le discours de ces deux amis, je pris la parole, et en la leur adressant également : « Seigneurs, leur dis-je, je me condamnerais à un silence perpétuel sur l'éclaircissement que vous me demandez, si je n'étais certain que la dispute que vous avez à mon occasion n'est pas capable de rompre le nœud d'amitié qui unit vos cœurs. Je vais donc m'expliquer puisque vous l'exigez de moi ; mais auparavant je vous proteste que c'est avec la même sincérité que je vous ai exposé ci-devant ce qui m'était arrivé. »

Alors je leur racontai la chose de point en point, comme Votre Majesté l'a entendue, sans oublier la moindre circonstance.

Mes protestations ne firent pas assez d'impression sur l'esprit de Saadi pour le guérir de sa prévention. Quand j'eus cessé de parler : « Cogia Hassan, reprit-il, l'aventure du poisson et du diamant trouvé dans son ventre, à point nommé, me paraît aussi peu croyable que l'enlèvement de votre turban par un milan, et que le vase de son échangé pour de la terre à décrasser. Quoi qu'il en puisse être, je n'en suis pas moins convaincu que vous n'êtes plus pauvre, mais riche, comme mon intention était

9.   14

que vous le devinssiez par mon moyen, et je m'en réjouis très-sincèrement. »

Comme il était tard, il se leva pour prendre congé, et Saad en même temps que lui. Je me levai de même, et en les arrêtant : « Seigneurs, leur dis-je, trouvez bon que je vous demande une grâce, et que je vous supplie de ne me la pas refuser ; c'est de souffrir que j'aie l'honneur de vous donner un souper frugal et ensuite à chacun un lit, pour vous mener demain par eau à une petite maison de campagne que j'ai achetée, pour y aller prendre l'air de temps en temps, d'où je vous ramènerai par terre le même jour, chacun sur un cheval de mon écurie. »

« Si Saad n'a pas d'affaire qui l'appelle ailleurs, j'y consens de bon cœur, dit Saadi. »

« Je n'en ai point, reprit Saad, dès qu'il s'agit de jouir de votre compagnie. Il faut donc, continua-t-il, envoyer chez vous et chez moi avertir qu'on ne nous attende pas. »

Je leur fis venir un esclave ; et pendant qu'ils le chargèrent de cette commission, je pris le temps de donner ordre pour le souper.

En attendant l'heure du souper, je fis voir ma maison et tout ce qui la compose à mes bienfaiteurs, qui la trouvèrent bien entendue, par rapport à mon état. Je les appelai mes bienfaiteurs l'un et l'autre sans distinction, parce que sans Saadi, Saad ne m'eût pas donné le morceau de plomb, et que sans Saad, Saadi ne se fût point adressé à moi pour me donner les quatre cents pièces d'or, à quoi je rapporte la source de mon bonheur. Je les ramenai dans la salle, où ils me firent plusieurs questions sur le détail de mon négoce, et je leur répondis de manière qu'ils parurent contens de ma conduite.

On vint enfin m'avertir que le souper était servi. Comme la table était mise dans une autre salle, je les y fis passer. Ils se récrièrent sur l'illumination dont elle était éclairée, sur la propreté du lieu, sur le buffet, et sur les mets, qu'ils trouvèrent à leur goût. Je les régalai aussi d'un concert de voix et d'instrumens pendant le repas, et quand on eut desservi, d'une troupe de danseurs et danseuses, et d'autres divertissemens, en tâchant de leur faire connaître, autant qu'il m'était possible, combien j'étáis pénétré de reconnaissance à leur égard.

Le lendemain, comme j'avais fait convenir Saadi et Saad de partir de grand matin, afin de jouir de la fraîcheur, nous nous rendîmes sur le bord de la rivière avant que le soleil fût levé. Nous nous embarquâmes sur un bateau très-propre et garni de tapis, qu'on nous tenait prêt; et à la faveur de six bons rameurs et du courant de l'eau, environ en une heure et demie de navigation nous abordâmes à ma maison de campagne.

En mettant pied à terre, les deux amis s'arrêtèrent, moins pour en considérer la beauté par le dehors, que pour en admirer la situation avantageuse pour les belles vues, ni trop bornées, ni trop étendues, qui la rendaient agréable de tous les côtés. Je les menai dans les appartemens; je leur en fis remarquer les accompagnemens, les dépendances et les commodités, qui la leur firent trouver toute riante et très-charmante.

Nous entrâmes ensuite dans le jardin, où, ce qui leur plut davantage, fut une forêt d'orangers et de citronniers de toutes sortes d'espèces, chargés de fruits et de fleurs, dont l'air était embaumé, plantés par allées à distance égale, et arrosés par une rigole perpétuelle, d'arbre en arbre, d'une eau vive détournée de la rivière. L'ombrage, la fraîcheur dans la plus grande ardeur du soleil, le doux murmure de l'eau, le ramage harmonieux d'une infinité d'oiseaux, et plusieurs autres agrémens, les frappèrent de manière qu'ils s'arrêtaient presqu'à chaque pas, tantôt pour me témoigner l'obligation qu'ils m'avaient de les avoir amenés dans un lieu si délicieux, tantôt pour me féliciter de l'acquisition que j'avais faite, et pour me faire d'autres complimens obligeans.

Je les menai jusqu'au bout de cette forêt, qui est fort longue et fort large, où je leur fis remarquer un bois de grands arbres qui termine mon jardin. Je les menai jusqu'à un cabinet ouvert de tous les côtés, mais ombragé par un bouquet de palmiers qui n'empêchaient pas qu'on n'y eût la vue libre; et je les invitai à y entrer et à s'y reposer sur un sofa garni de tapis et de coussins.

Deux de mes fils, que nous avions trouvés dans la maison, et que j'y avais envoyés depuis quelque temps avec léur précepteur pour y prendre l'air, nous avaient quittés pour entrer dans le bois; et comme ils cherchaient des nids d'oiseaux, ils en aperçurent un entre les branches d'un grand arbre; ils tentèrent d'abord d'y monter; mais comme ils n'avaient ni la force, ni l'adresse pour l'entreprendre, ils le montrèrent à un esclave que je leur avais donné, qui ne les abandonnait pas, et ils lui dirent de leur dénicher les oiseaux.

L'esclave monta sur l'arbre; et quand il fut arrivé jusqu'au nid, il fut fort étonné de voir qu'il était pratiqué dans un turban. Il enlève le nid tel qu'il était, descend de l'arbre, et fait remarquer le turban à mes enfans; mais comme il ne douta pas que ce ne fût une chose que je serais bien aise de voir, il le leur témoigna, et il le donna à l'aîné pour me l'apporter.

Je les vis venir de loin avec la joie ordinaire aux enfans qui ont trouvé un nid ; et en me le présentant : « Mon père, me dit l'aîné, voyez-vous ce nid dans un turban ? »

Saadi et Saad ne furent pas moins surpris que moi de la nouveauté ; mais je le fus bien plus qu'eux, en reconnaissant que le turban était celui que le milan m'avait enlevé. Dans mon étonnement, après l'avoir bien examiné et tourné de tous les côtés, je demandai aux deux amis : « Seigneurs, avez-vous la mémoire assez bonne pour vous souvenir que c'est là le turban que je portais le jour que vous me fîtes l'honneur de m'aborder la première fois ? »

« Je ne pense pas, répondit Saad, que Saadi y ait fait attention non plus que moi ; mais ni lui ni moi nous ne pourrons en douter, si les cent quatre-vingt-dix pièces d'or s'y trouvent. »

« Seigneur, repris-je, ne doutez pas que ce ne soit le même turban : outre que je le reconnais fort bien, je m'aperçois aussi, à la pesanteur, que ce n'en est pas un autre, et vous vous en apercevrez vous-même, si vous prenez la peine de le manier. »

Je le lui présentai, après en avoir ôté les oiseaux, que je donnai à mes enfans. Il le prit entre ses mains, et le présenta à Saadi pour juger du poids qu'il pouvait avoir.

« Je veux croire que c'est votre turban, me dit Saadi; j'en serai néanmoins mieux convaincu quand je verrai les cent quatre-vingt-dix pièces d'or en espèces. »

Au moins, Seigneur, ajoutai-je quand j'eus repris le turban, observez bien, je vous en supplie, avant que j'y touche, que ce n'est pas d'aujourd'hui qu'il s'est trouvé sur l'arbre, et que l'état où vous le voyez, et le nid qui y est si proprement accommodé, sans que main d'homme y ait touché, sont des marques certaines qu'il s'y trouvait depuis le jour que le milan me l'a emporté, et qu'il l'a laissé tomber ou posé sur cet arbre, dont les branches ont empêché qu'il ne soit tombé jusqu'à terre. Et ne trouvez pas mauvais que je vous fasse faire cette remarque ; j'ai un trop grand intérêt de vous ôter tout soupçon de fraude de ma part. »

Saad me seconda dans mon dessein. « Saadi, reprit-il, cela vous regarde, et non pas moi, qui suis bien persuadé que Cogia Hassan ne nous en impose pas. »

Pendant que Saad parlait, j'ôtai la toile qui environnait en plusieurs tours le bonnet qui faisait partie du turban, et j'en tirai la bourse, que Saadi reconnut pour la même qu'il m'avait donnée. Je la vidai sur le tapis devant eux, et je leur dis : « Seigneurs, voilà les pièces d'or ; comptez-les vous-mêmes, et voyez si le compte n'y est pas. »

Saadi les arrangea par dizaines, jusqu'au nombre de cent quatre-vingt-dix ; et alors Saadi, qui ne pouvait nier une vérité si manifeste, prit la parole, et, en me l'adressant : « Cogia Hassan, dit-il, je conviens que ces cent quatre-vingt-dix pièces d'or n'ont pu servir à vous enrichir ; mais les cent quatre-vingt-dix autres que vous avez cachées dans un vase de son, comme vous voulez me le faire accroire, ont pu y contribuer. »

« Seigneur, repris-je, je vous ai dit la vérité aussi bien à l'égard de cette dernière somme, qu'à l'égard de la première. Vous ne voudriez pas que je me rétractasse pour vous dire un mensonge. »

« Cogia Hassan, me dit Saad, laissez Saadi dans son opinion. Je consens de bon cœur qu'il croie que vous lui êtes redevable de la moitié de votre bonne fortune, par le moyen de la dernière somme, pourvu qu'il tombe d'accord que j'y ai contribué de l'autre moitié, par le moyen du morceau de plomb que je vous ai donné, et qu'il ne révoque pas en doute le précieux diamant trouvé dans le ventre du poisson. »

« Saad, reprit Saadi, je veux ce que vous voulez, pourvu que vous me laissiez la liberté de croire qu'on n'amasse de l'argent qu'avec de l'argent. »

« Quoi! reprit Saad, si le hasard voulait que je trouvasse un diamant de cin--

quante mille pièces d'or, et qu'on m'en
donnât la somme, aurais-je acquis cette
somme avec de l'argent? »

La contestation en demeura là. Nous
nous levâmes, et rentrant dans la maison, comme le dîner était servi, nous nous
mîmes à table. Après le dîner, je laissai
à mes hôtes la liberté de passer la grande
chaleur du jour à se tranquilliser, pendant que j'allai donner mes ordres à mon
concierge et à mon jardinier. Je les rejoi-
gnis, et nous nous entretînmes de choses
indifférentes, jusqu'à ce que la plus grande
chaleur fût passée, que nous retournâmes
au jardin, où nous restâmes à la fraîcheur
presque jusqu'au coucher du soleil. Alors
les deux amis et moi nous montâmes à
cheval, et, suivis d'un esclave, nous arrivâmes à Bagdad environ à deux heures
de nuit, avec beau clair de lune.

Je ne sais par quelle négligence de mes
gens il était arrivé qu'il manquait d'orge
chez moi pour les chevaux. Les magasins
étaient fermés, et ils étaient trop éloignés
pour aller en faire provision si tard.

En cherchant dans le voisinage, un de

mes esclaves trouva un vase de son dans
une boutique ; il acheta le son, et l'apporta avec le vase, à la charge de re-
porter et de rendre le vase le lendemain.
L'esclave vida le son dans l'auge ; et en
l'étendant, afin que les chevaux en eussent
chacun leur part, il sentit sous sa main un
linge lié qui était pesant. Il m'apporta le
linge sans y toucher, et dans l'état où il
l'avait trouvé, et il me le présenta, en me
disant que c'était peut-être le linge dont
il m'avait entendu parler souvent, en racontant mon histoire à mes amis.

Plein de joie , je dis à mes bienfaiteurs : « Seigneurs, Dieu ne veut pas que
vous vous sépariez d'avec moi que vous ne
soyez pleinement convaincus de la vérité
dont je n'ai cessé de vous assurer. Voici,
continuai-je, en m'adressant à Saadi, les
autres cent quatre-vingt-dix pièces d'or
que j'ai reçues de votre main : je le connais au linge que vous voyez. »

Je déliai le linge, et je comptai la
somme devant eux. Je me fis aussi apporter
le vase ; je le reconnus, et je l'envoyai à
ma femme pour lui demander si elle le

connaissait, avec ordre de ne lui rien dire de ce qui venait d'arriver. Elle le connut d'abord, et elle m'envoya dire que c'était le même vase qu'elle avait échangé plein de son pour de la terre à décrasser.

Saadi se rendit de bonne foi ; et, revenu de son incrédulité, il dit à Saad : « Je vous cède, et je reconnais avec vous que l'argent n'est pas toujours un moyen sûr pour en amasser d'autre, et devenir riche. »

Quand Saadi eut achevé : « Seigneur, lui dis-je, je n'oserais vous proposer de reprendre les trois cent quatre-vingts pièces qu'il a plu à Dieu de faire reparaître aujourd'hui pour vous détromper de l'opinion de ma mauvaise foi. Je suis persuadé que vous ne m'en avez pas fait présent dans l'intention que je vous les rendisse. De mon côté, je ne prétends pas en profiter, aussi content que je le suis de ce qu'il m'a envoyé d'ailleurs ; mais j'espère que vous approuverez que je les distribue demain aux pauvres, afin que

Dieu nous en donne la récompense à vous et à moi. »

« Les deux amis couchèrent encore chez moi cette nuit-là ; et le lendemain, après m'avoir embrassé, il retournèrent chacun chez soi, très-contens de la réception que je leur avais faite, et d'avoir connu que je n'abusais pas du bonheur dont je leur étais redevable après Dieu. Je n'ai pas manqué d'aller les remercier chez eux, chacun en particulier, et depuis ce temps-là, je tiens à grand honneur la permission qu'ils m'ont donnée de cultiver leur amitié et de continuer de les voir. »

Le calife Haroun Alraschid donnait à Cogia Hassan une attention si grande, qu'il ne s'aperçut de la fin de son histoire que par son silence. Il lui dit : « Cogia Hassan, il y avait long-temps que je n'avais rien entendu qui m'ait fait un si grand plaisir que les voies toutes merveilleuses par lesquelles il a plu à Dieu de te rendre heureux dans ce monde. C'est à toi de continuer à lui rendre grâces, par le bon usage que tu fais de ses bienfaits. Je suis bien aise que tu saches que le diamant

qui a fait ta fortune est dans mon trésor ;
et, de mon côté, je suis ravi d'apprendre
par quel moyen il y est entré. Mais parce
qu'il se peut faire qu'il reste encore quelque
doute dans l'esprit de Saadi sur la singularité de ce diamant, que je regarde
comme la chose la plus précieusé et la
plus digne d'être admirée de tout ce que
je possède, je veux que tu l'amènes avec
Saadi, afin que le garde de mon trésor le
lui montre ; et pour peu qu'il soit encore
incrédule, qu'il reconnaisse que l'argent
n'est pas toujours un moyen certain à un
pauvre homme pour acquérir de grandes
richesses en peu de temps et sans beaucoup de peines. Je veux aussi que tu ra-
contes ton histoire au garde de mon trésor, afin qu'il la fasse mettre par écrit, et
qu'elle y soit conservée avec le diamant.»

En achevant ces paroles, comme le calife eut témoigné par une inclination de
tête à Cogia Hassan, à Sidi Nouman et
à Baba-Abdalla, qu'il était content d'eux,
ils prirent congé, en se prosternant devant
son trône ; après quoi il se retirèrent.

La sultane Scheherazade voulut com-

mencer un autre conte ; mais le sultan
des Indes, qui s'aperçut que l'aurore com-
mençait à paraître, remit à lui donner
audience à la nuit suivante.

HISTOIRE

D'ALI BABA ET DE QUARANTE VOLEURS EXTERMINÉS PAR UNE ESCLAVE.

La sultane Scheherazade, éveillée par la
vigilance de Dinarzade sa sœur, raconta
au sultan des Indes, son époux, l'histoire
à laquelle il s'attendait :

Puissant Sultan, dit-elle, dans une ville
de Perse, aux confins des États de Votre
Majesté, il y avait deux frères, dont l'un
se nommait Cassim , et l'autre Ali Baba.
Comme leur père ne leur avait laissé que
peu de biens, et qu'ils les avaient par-
tagés également, il semble que leur fortune devait être égale : le hasard néanmoins en disposa autrement.

Cassim épousa une femme qui, peu de
temps après leur mariage, devint héri-

tière d'une boutique bien garnie , d'un
magasin rempli de bonnes marchandises,
et de biens en fonds de terre, qui le mirent tout à coup à son aise, et le rendi-
rent un des marchands les plus riches de
la ville.

Ali Baba, au contraire, qui avait
épousé une femme aussi pauvre que lui,
était logé fort pauvrement, et il n'avait
d'autre industrie, pour gagner sa vie et
de quoi s'entretenir lui et ses enfans, que
d'aller couper du bois dans une forêt voisine, et de venir le vendre à la ville,
chargé sur trois ânes qui faisaient toute
sa possession.

Ali Baba était un jour dans la forêt, et
il achevait d'avoir coupé à peu près assez
de bois pour faire la charge de ses ânes,
lorsqu'il aperçut une grosse poussière qui
s'élevait en l'air, et qui avançait droit du
côté où il était. Il regarde attentivement,
et il distingue une troupe nombreuse de
gens à cheval qui venaient d'un bon train.

Quoiqu'on ne parlât pas de voleurs
dans le pays, Ali Baba néanmoins eut
la pensée que ces cavaliers pouvaient en

être. Sans considérer ce que deviendraient ses ânes, il songea à sauver sa personne. Il monta sur un gros arbre, dont les branches à peu de hauteur se séparaient en rond, si près les unes des autres, qu'elles n'étaient séparées que par un très-petit espace. Il se posta au milieu avec d'autant plus d'assurance, qu'il pouvait voir sans être vu ; et l'arbre s'élevait au pied d'un rocher isolé de tous les côtés, beaucoup plus haut que l'arbre, et scarpé de manière qu'on ne pouvait monter au haut par aucun endroit.

Les cavaliers, grands, puissans, tous bien montés et bien armés, arrivèrent près du rocher, où ils mirent pied à terre, et Ali Baba, qui en compta quarante, à leur mine et à leur équipement, ne douta pas qu'ils ne fussent des voleurs. Il ne se trompait pas : en effet, c'étaient des voleurs, qui, sans faire aucun tort aux environs, allaient exercer leurs brigandages bien loin, et avaient là leur rendez-vous ; et ce qu'il les vit faire le confirma dans cette opinion.

Chaque cavalier débrida son cheval,

l'attacha, lui passa au cou un sac plein d'orge qu'il avait apporté sur la croupe, et ils se chargèrent chacun de leur valise ; et la plupart des valises parurent si pesantes à Ali Baba, qu'il jugea qu'elles étaient pleines d'or et d'argent monnoyé.

Le plus apparent, chargé de sa valise comme les autres, qu'Ali Baba prit pour le capitaine des voleurs, s'approcha du rocher, fort près du gros arbre où il s'était réfugié, et après qu'il se fut fait chemin au travers de quelques arbrisseaux, il prononça ces paroles si distinctement : *Sésame, ouvre - toi*, qu'Ali Baba les entendit. Dès que le capitaine des voleurs les eut prononcées, une porte s'ouvrit ; et après qu'il eut fait passer tous ses gens devant lui, et qu'ils furent tous entrés, il entra aussi, et la porte se referma.

Les voleurs demeurèrent long-temps dans le rocher ; et Ali Baba, qui craignait que quelqu'un d'eux, ou que tous ensemble ne sortissent, s'il quittait son poste pour se sauver, fut contraint de rester sur l'arbre, et d'attendre avec patience. Il fut tenté néanmoins de descendre pour se saisir de deux chevaux, en monter un, et mener l'autre par la bride, et de gagner la ville en chassant ses trois ânes devant lui ; mais l'incertitude de l'événement fit qu'il prit le parti le plus sûr.

La porte se r'ouvrit enfin ; les quarante voleurs sortirent ; et au lieu que le capitaine était entré le dernier, il sortit le premier, et après les avoir vus défiler devant lui. Ali Baba entendit qu'il fit refermer la porte, en prononçant ces paroles : *Sésame, referme-toi*. Chacun retourna à son cheval, le rebrida, rattacha sa valise, et remonta dessus. Quand ce capitaine enfin vit qu'ils étaient tous prêts à partir, il se mit à la tête, et il reprit avec eux le chemin par où ils étaient venus.

Ali Baba ne descendit pas de l'arbre d'abord : il dit en lui-même : « Ils peuvent avoir oublié quelque chose à les obliger de revenir, et je me trouverais attrapé si cela arrivait. » Il les conduisit de l'œil jusqu'à ce qu'il les eût perdus de vue, et il ne descendit que long-temps après, pour plus grande sûreté. Comme il avait retenu les paroles par lesquelles

le capitaine des voleurs avait fait ouvrir
et refermer la porte, il eut la curiosité
d'éprouver si, en les prononçant, elles feraient le même effet. Il passa au travers
des arbrisseaux, et il aperçut la porte
qu'ils cachaient. Il se présenta devant, et
dit : *Sésame, ouvre-toi*, et dans l'instant
la porte s'ouvrit toute grande.

Ali Baba s'était attendu à voir un lieu
de ténèbres et d'obscurité ; mais il fut
surpris d'en voir un bien éclairé, vaste et
spacieux, creusé de main d'homme, en
voûte fort élevée qui recevaient la lumière
du haut du rocher, par une ouverture pratiquée de même. Il vit de grandes provi-
sions de bouche, des ballots de riches
marchandises en piles, des étoffes de soie
et de brocart, des tapis de grand prix,
et surtout de l'or et de l'argent monnoyé
par tas, et dans des sacs ou grandes bour-
ses de cuir les unes sur les autres ; et à
voir toutes ces choses, il lui parut qu'il y
avait non pas de longues années, mais des
siècles que cette grotte servait de retraite
à des voleurs qui avaient succédé les uns
aux autres.

Ali Baba ne balança pas sur le parti qu'il devait prendre : il entra dans la grotte, et dès qu'il fut entré, la porte se referma : mais cela ne l'inquiéta pas; il savait le secret de la faire ouvrir. Il ne s'attacha pas à l'argent, mais à l'or monnoyé, et particulièrement à celui qui était dans des sacs. Il en enleva, à plusieurs fois, autant qu'il pouvait en porter, et en quantité suffisante pour faire la charge de ses trois ânes. Il rassembla ses ânes qui étaient dispersés; et quand il les eut fait approcher du rocher, il les chargea des sacs; et pour les cacher, il accommoda du bois par-dessus, de manière qu'on ne pouvait les apercevoir. Quand il eut achevé, il se présenta devant la porte; et il n'eut pas prononcé ces paroles : *Sésame, referme-toi,* qu'elle se referma : car elle s'était fermée d'elle-même chaque fois qu'il y était entré et était demeurée ouverte chaque fois qu'il en était sorti.

Cela fait, Ali Baba reprit le chemin de la ville; et en arrivant chez lui, il fit entrer ses ânes dans une petite cour, et referma la porte avec grand soin. Il mit bas le peu de bois qui couvrait les sacs, et il porta dans sa maison les sacs, qu'il posa et arrangea devant sa femme, qui était assise sur un sofa.

Sa femme mania les sacs ; et comme elle se fut aperçue qu'ils étaient pleins d'argent, elle soupçonna son mari de les avoir volés ; de sorte que quand il eut achevé de les apporter tous, elle ne put s'empêcher de lui dire :

« Ali Baba, seriez-vous assez malheureux pour...... »

Ali Baba l'interrompit.

« Paix, ma femme, dit-il; ne vous alarmez pas ; je ne suis pas voleur, à moins que ce ne soit l'être que de prendre sur les voleurs. Vous cesserez d'avoir cette mauvaise opinion de moi, quand je vous aurai raconté ma bonne fortune. »

Il vida les sacs, qui firent un gros tas d'or dont sa femme fut éblouie ; et quand il eut fait, il lui fit le récit de son aventure, depuis le commencement jusqu'à la fin ; et en achevant, il lui recommanda sur toutes choses de garder le secret.

La femme, revenue et guérie de son

épouvante, se réjouit avec son mari du
bonheur qui leur était arrivé, et elle
voulut compter pièce par pièce tout l'or
qui était devant elle.

« Ma femme, lui dit Ali Baba, vous
n'êtes pas sage; que prétendez-vous faire?
Quand auriez-vous achevé de compter? Je
vais creuser une fosse et l'enfouir dedans;
nous n'avons pas de temps à perdre.

« Il est bon, reprit la femme, que nous
sachions au moins à peu près la quantité
qu'il y en a. Je vais chercher une petite
mesure dans le voisinage, et je le mesu-
rerai pendant que vous creuserez la fosse.»

« Ma femme, repartit Ali Baba, ce
que vous voulez faire n'est bon à rien;
vous vous en abstiendriez si vous vouliez
me croire. Faites néanmoins ce qu'il vous
plaira; mais souvenez-vous de garder le
secret. »

Pour se satisfaire, la femme d'Ali Baba
sort, et elle va chez Cassim, son beau-
frère, qui ne demeurait pas loin. Cassim
n'était pas chez lui, et, à son défaut, elle
s'adresse à sa femme, qu'elle prie de lui
prêter une mesure pour quelques mo-

mens. La belle-sœur lui demanda si elle la voulait grande ou petite, et la femme d'Ali Baba lui en demanda une petite.

« Très-volontiers, dit la belle-sœur ; attendez un moment, je vais vous l'apporter. »

La belle-sœur va chercher la mesure, elle la trouve; mais comme elle connaissait la pauvreté d'Ali Baba, curieuse de savoir quelle sorte de grain sa femme voulait mesurer, elle s'avisa d'appliquer adroitement du suif au-dessous de la mesure, et elle y en appliqua. Elle revint, et en la présentant à la femme d'Ali Baba, elle s'excusa de l'avoir fait attendre, sur ce qu'elle avait eu de la peine à la trouver.

La femme d'Ali Baba revint chez elle; elle posa la mesure sur le tas d'or, l'emplit, et le vida un peu plus loin sur le sofa, jusqu'à ce qu'elle eût achevé; et elle fut contente du bon nombre de mesures qu'elle en trouva, dont elle fit part à son mari, qui venait d'achever de creuser la fosse.

Pendant qu'Ali Baba enfouit l'or, sa femme, pour marquer son exactitude et sa diligence à sa belle-sœur, lui reporte sa mesure; mais sans prendre garde qu'une pièce d'or s'était attachée au-dessous.

« Belle sœur, dit-elle en la rendant, vous voyez que je n'ai pas gardé long-temps votre mesure; je vous en suis bien obligée, je vous la rends. »

La femme d'Ali Baba n'eut pas tourné le dos, que la femme de Cassim regarda la mesure par le dessous; et elle fut dans un étonnement inexprimable d'y voir une pièce d'or attachée. L'envie s'empara de son cœur dans le moment.

« Quoi! dit-elle, Ali Baba a de l'or par mesure! Et où le misérable a-t-il pris cet or ? »

Cassim, son mari, n'était pas à la maison, comme nous l'avons dit; il était à sa boutique, d'où il ne devait revenir que le soir. Tout le temps qu'il se fit attendre fut un siècle pour elle, dans la grande impatience où elle était de lui apprendre une nouvelle dont il ne devait pas être moins surpris qu'elle.

A l'arrivée de Cassim chez lui : « Cassim, lui dit sa femme, vous croyez être riche; vous vous trompez : Ali Baba l'est infiniment plus que vous ; il ne compte pas son or comme vous, il le mesure. »

Cassim demanda l'explication de cette énigme, et elle lui en donna l'éclaircissement en lui apprenant de quelle adresse elle s'était servie pour faire cette découverte, et elle lui montra la pièce de monnaie qu'elle avait trouvée attachée au-dessous de la mesure : pièce si ancienne, que le nom du prince qui y était marqué lui était inconnu.

Loin d'être sensible au bonheur qui pouvait être arrivé à son frère pour se tirer de la misère, Cassim en conçut une jalousie mortelle. Il en passa presque la nuit sans dormir. Le lendemain il alla chez lui que le soleil n'était pas levé. Il ne le traita pas de frère : il avait oublié ce nom depuis qu'il avait épousé la riche veuve.

« Ali Baba, dit-il en l'abordant, vous êtes bien réservé dans vos affaires ; vous faites le pauvre, le misérable, le gueux ; et vous mesurez l'or ! »

« Mon frère, reprit Ali Baba, je ne

sais de quoi vous voulez me parler;
expliquez-vous. »

« Ne faites pas l'ignorant, repartit
Cassim. » Et en lui montrant la pièce d'or
que sa femme lui avait mise entre les
mains : « Combien avez-vous de pièces,
ajouta-t-il, semblables à celles-ci, que ma
femme a trouvée attachée au-dessous de
la mesure que la vôtre vint lui emprunter
hier ? »

A ce discours, Ali Baba connut que
Cassim et la femme de Cassim (par un en-
têtement de sa propre femme) savaient
déjà ce qu'il avait un si grand intérêt de
tenir caché : mais la faute était faite; elle
ne pouvait se réparer. Sans donner à son
frère la moindre marque d'étonnement ni
de chagrin, il lui avoua la chose, et il
lui raconta par quel hasard il avait découvert la retraite des voleurs, et en quel endroit; et il lui offrit, s'il voulait garder le
secret, de lui faire part du trésor.

« Je le prétends bien ainsi, reprit Cassim d'un air fier; mais ajouta-t-il, je veux
savoir aussi où est précisément ce trésor,
les enseignes, les marques, et comment

je pourrais y entrer moi-même , s'il m'en prenait envie ; autrement je vais vous dénoncer à la justice. Si vous le refusez, non-seulement vous n'aurez plus à en espérer, vous perdrez-même ce que vous avez enlevé, au lieu que j'en aurai ma part pour vous avoir dénoncé. »

Ali Baba, plutôt par son bon naturel, qu'intimidé par les menaces insolentes d'un frère barbare, l'instruisit pleinement de ce qu'il souhaitait ; et même des paroles dont il fallait qu'il se servît, tant pour entrer dans la grotte, que pour en sortir.

Cassim n'en demanda pas davantage à Ali Baba. Il le quitta, résolu de le prévenir ; et plein d'espérance de s'emparer du trésor lui seul, il part le lendemain de grand matin, avant la pointe du jour, avec dix mulets chargés de grands coffres, qu'il se propose de remplir, en se réservant d'en mener un plus grand nombre dans un second voyage, à proportion des charges qu'il trouverait dans la grotte. Il prend le chemin qu'Ali Baba lui avait enseigné ; il arrive près du rocher, et il reconnaît les enseignes, et l'arbre sur lequel Ali Baba s'était caché. Il cherche la porte, il la trouve ; et pour la faire ouvrir, il prononce les paroles : *Sésame, ouvre-toi.* La porte s'ouvre, il entre, et aussitôt elle se referme. En examinant la grotte, il est dans une grande admiration de voir beaucoup plus de richesses qu'il ne l'avait compris par le récit d'Ali Baba, et son admiration augmente à mesure qu'il examine chaque chose en particulier. Avare et amateur des richesses comme il l'était, il eût passé la journée à se repaître les yeux de la vue de tant d'or, s'il n'eût songé qu'il était venu pour l'enlever et pour en charger ses dix mulets. Il en prend un nombre de sacs, autant qu'il en peut porter ; et en venant à la porte pour la faire ouvrir, l'esprit rempli de toute autre idée que ce qui lui importait davantage, il se trouve qu'il oublie le mot nécessaire, et au lieu de *Sésame,* il dit : *Orge, ouvre-toi ;* et il est bien étonné de voir que la porte, loin de s'ouvrir, demeure fermée. Il nomme plusieurs autre noms de grains, autre que celui qu'il fallait, et la porte ne s'ouvre pas.

Cassim ne s'attendait pas à cet événement. Dans le grand danger où il se voit, la frayeur se saisit de sa personne, et plus il fait d'efforts pour se souvenir du mot de *Sésame*, plus il embrouille sa mémoire, et bientôt ce mot est pour lui absolument comme si jamais il n'en avait entendu parler. Il jette par terre les sacs dont il était chargé; il se promène à grands pas dans la grotte, tantôt d'un côté, tantôt de l'autre, et toutes les richesses dont il se voit environné ne le touchent plus. Laissons Cassim déplorant son sort; il ne mérite pas de compassion.

Les voleurs revinrent à leur grotte vers le midi, et quand ils furent à peu de distance, et qu'ils eurent vu les mulets de Cassim autour du rocher, chargés de coffres, inquiets de cette nouveauté, ils avancèrent à toute bride, et firent prendre la fuite aux dix mulets que Cassim avait négligé d'attacher, et qui paissaient librement, de manière qu'ils se dispersèrent de-çà et de-là dans la forêt, si loin qu'ils les eurent bientôt perdus de vue.

Les voleurs ne se donnèrent pas la peine de courir après les mulets : il leur importait davantage de trouver celui à qui ils appartenaient. Pendant que quelques-uns tournent autour du rocher pour le chercher, le capitaine, avec les autres, met pied à terre, et va droit à la porte le sabre à la main, prononce les paroles, et la porte s'ouvre.

Cassim, qui entendit le bruit des chevaux du milieu de la grotte, ne douta pas de l'arrivée des voleurs, non plus que de sa perte prochaine. Résolu au moins à faire un effort pour échapper de leurs mains et se sauver, il s'était tenu prêt à se jeter dehors dès que la porte s'ouvrirait. Il ne la vit pas plutôt ouverte, après avoir entendu prononcer le mot *Sésame*, qui était échappé de sa mémoire, qu'il s'élança en sortant si brusquement, qu'il renversa le capitaine par terre. Mais il n'échappa pas aux autres voleurs, qui avaient aussi le sabre à la main, et qui lui ôtèrent la vie sur-le-champ.

Le premier soin des voleurs, après cette exécution, fut d'entrer dans la grotte : ils

trouvèrent près de la porte les sacs que
Cassim avait commencé d'enlever pour
les emporter et en charger ses mulets ; et
ils les remirent à leur place, sans s'apercevoir de ceux qu'Ali Baba avait emportés
auparavant. En tenant conseil et en dé-
libérant ensemble sur cet événement, ils
comprirent bien comment Cassim avait
pu sortir de la grotte ; mais qu'il y eût pu
entrer, c'est ce qu'ils ne pouvaient s'imaginer. Il leur vint en pensée qu'il pouvait
être descendu par le haut de la grotte ;
mais l'ouverture par où le jour y venait
était si élevée, et le haut du rocher était
si inaccessible par-dehors, outre que rien
ne leur marquait qu'il l'eût fait, qu'ils
tombèrent d'accord que cela était hors de
leur connaissance. Qu'il fût entré par la
porte, c'est ce qu'ils ne pouvaient se persuader, à moins qu'il n'eût eu le secret
de la faire ouvrir ; mais ils tenaient pour
certain qu'ils étaient les seuls qui l'avaient ;
en quoi ils se trompaient, en ignorant
qu'ils avaient été épiés par Ali Baba, qui
le savait.

De quelque manière que la chose fût

arrivée, comme il s'agissait que leurs richesses communes fussent en sûreté, ils
convinrent de faire quatre quartiers du
cadavre de Cassim, et de le mettre près
de la porte en dedans de la grotte, deux
d'un côté, deux de l'autre, pour épou-
vanter quiconque aurait la hardiesse de
faire une pareille entreprise, sauf à ne
revenir dans la grotte que dans quelque
temps, après que la puanteur du cadavre
serait exhalée. Cette résolution prise, ils
l'exécutèrent; et quand il n'eurent plus
rien qui les arrêtât, ils laissèrent le lieu
de leur retraite bien fermé, remontèrent
à cheval, et allèrent battre la campagne
sur les routes fréquentées par les caravanes, pour les attaquer et exercer leurs
brigandages accoutumés.

La femme de Cassim cependant fut
dans une grande inquiétude quand elle vit
qu'il était nuit close, et que son mari
n'était pas revenu. Elle alla chez Ali Baba
tout alarmée, et elle dit : « Beau-frère,
vous n'ignorez pas, comme je le crois,
que Cassim votre frère est allé à la forêt,
et pour quel sujet. Il n'est pas encore

revenu, et voilà la nuit avancée ; je crains
que quelque malheur ne lui soit arrivé. » ·

Ali Baba s'était douté de ce voyage de
son frère, après le discours qu'il lui avait
tenu ; et c'était pour cela qu'il s'était abstenu d'aller à la forêt ce jour-là, afin de
ne lui pas donner d'ombrage. Sans lui
faire aucun reproche dont elle pût s'offenser, ni son mari, s'il eût été vivant, il lui
dit qu'elle ne devait pas encore s'alar-
mer, et que Cassim apparemment avait
jugé à propos de ne rentrer dans la ville
que bien avant dans la nuit.

La femme de Cassim le crut ainsi, d'autant plus facilement, qu'elle considéra
combien il était important que son mari
fît la chose secrètement. Elle retourna
chez elle, et elle attendit patiemment
jusqu'à minuit. Mais après cela ses larmes
redoublèrent avec une douleur d'autant
plus sensible, qu'elle ne pouvait la faire
éclater, ni la soulager par des cris dont
elle vit bien que la cause devait être cachée au voisinage. Alors si sa faute était
irréparable, elle se repentit de la folle
curiosité qu'elle avait eue, par une envie

condamnable de pénétrer dans les affaires de son beau-frère et de sa belle-sœur. Elle passa la nuit dans les pleurs ; et dès la pointe du jour elle courut chez eux, et elle leur annonça le sujet qui l'amenait, plutôt par ses larmes que par ses paroles.

Ali Baba n'attendit pas que sa belle-sœur le priât de se donner la peine d'aller voir ce que Cassim était devenu. Il partit sur-le-champ avec ses trois ânes, après lui avoir recommandé de modérer son affliction, et il alla à la forêt. En approchant du rocher, après n'avoir vu dans le chemin ni son frère, ni les dix mulets, il fut étonné du sang répandu qu'il aperçut près de la porte, et il en prit un mauvais augure. Il se présenta devant la porte ; il prononça les paroles, elle s'ouvrit ; et il fut frappé du triste spectacle du corps de son frère mis en quatre quartiers. Il n'hésita pas sur le parti qu'il devait prendre, pour rendre les derniers devoirs à son frère, en oubliant le peu d'amitié fraternelle qu'il avait eue pour lui. Il trouva dans la grotte de quoi faire deux paquets des quatre quartiers, dont il fit la charge

d'un de ses ânes, avec du bois pour les
cacher. Il chargea les deux autres ânes de
sacs pleins d'or et de bois par-dessus,
comme la première fois, sans perdre de
temps ; et dès qu'il eut achevé, et qu'il eut
commandé à la porte de se refermer, il
reprit le chemin de la ville ; mais il eut la
précaution de s'arrêter à la sortie de la
forêt assez de temps pour n'y rentrer que
de nuit. En arrivant, il ne fit entrer chez
lui que les deux ânes chargés d'or ; et après
avoir laissé à sa femme le soin de les dé-
charger, et lui avoir fait part en peu de
mots de ce qui était arrivé à Cassim, il
conduisit l'autre âne chez sa belle-sœur.

Ali Baba frappa à la porte, qui lui fut
ouverte par Morgiane. Cette Morgiane
était une esclave adroite, entendue, et
féconde en inventions pour faire réussir
les choses les plus difficiles ; et Ali Baba
la connaissait pour telle. Quand il fut
entré dans la cour, il déchargea l'âne du
bois et des deux paquets ; et en prenant
Morgiane à part : « Morgiane, dit-il, la
première chose que je te demande, c'est
un secret inviolable : tu vas voir combien

il nous est nécessaire, autant à ta maîtresse qu'à moi. Voilà le corps de ton maître dans ces deux paquets : il s'agit de le faire enterrer comme s'il était mort de sa mort naturelle. Fais-moi parler à ta maîtresse, et sois attentive à ce que je lui dirai. »

Morgiane avertit sa maîtresse, et Ali Baba, qui la suivait, entra.

« Hé bien, beau-frère, demanda la belle-sœur à Ali Baba avec grande impatience, quelle nouvelle apportez-vous de mon mari ? Je n'aperçois rien sur votre visage qui doive me consoler. »

« Belle-sœur, répondit Ali Baba, je ne puis vous rien dire, qu'auparavant vous ne me promettiez de m'écouter depuis le commencement jusqu'à la fin sans ouvrir la bouche. Il ne vous est pas moins important qu'à moi, dans ce qui est arrivé, de garder un grand secret, pour votre bien et pour votre repos. »

« Ah ! s'écria la belle-sœur sans élever la voix, ce préambule me fait connaître que mon mari n'est plus ; mais en même temps je connais la nécessité du secret que vous me demandez. Il faut bien que je me fasse violence : dites, je vous écoute. »

Ali Baba raconta à sa belle-sœur tout le succès de son voyage, jusqu'à son arrivée avec le corps de Cassim.

« Belle-sœur, ajouta-t-il, voilà un sujet d'affliction pour vous d'autant plus grand que vous vous y attendiez moins. Quoique le mal soit sans remède, si quelque chose néanmoins est capable de vous consoler, je vous offre de joindre le peu de bien que Dieu m'a envoyé au vôtre, en vous épousant, et en vous assurant que ma femme n'en sera pas jalouse, et que vous vivrez bien ensemble. Si la proposition vous agrée, il faut songer à faire en sorte qu'il paraisse que mon frère est mort de sa mort naturelle : c'est un soin dont il me semble que vous pouvez vous reposer sur Morgiane ; et j'y contribuerai de mon côté de tout ce qui sera en mon pouvoir. »

Quel meilleur parti pouvait prendre la veuve de Cassim, que celui qu'Ali Baba lui proposait, elle qui, avec les biens qui lui demeuraient par la mort de son pre-

mier mari, en trouvait un autre plus riche
qu'elle, et qui, par la découverte du trésor
qu'il avait faite, pouvait le devenir davantage ? Elle ne refusa pas le parti ; elle
le regarda au contraire comme un motif
raisonnable de consolation. En essuyant
ses larmes, qu'elle avait commencé de verser en abondance, en supprimant les cris
perçans ordinaires aux femmes qui ont
perdu leurs maris, elle témoigna suffisam-
ment à Ali Baba qu'elle acceptait son
offre.

Ali Baba laissa la veuve de Cassim dans
cette disposition ; et après avoir recommandé à Morgiane de bien s'acquitter de
son personnage, il retourna chez lui avec
son âne.

Morgiane ne s'oublia pas ; elle sortit
en même temps qu'Ali Baba, et alla chez
un apothicaire qui était dans le voisinage.
Elle frappa à la boutique : on ouvre ; elle
demande d'une sorte de tablette très-salu-
taire dans les maladies les plus dange-
reuses. L'apothicaire lui en donna pour
l'argent qu'elle avait présenté, en demandant qui était malade chez son maître.

« Ah! dit-elle avec un grand soupir, c'est Cassim lui-même, mon bon maître! On n'entend rien à sa maladie ; il ne parle, ni ne peut manger. »

Avec ces paroles, elle emporta les tablettes dont véritablement Cassim n'était plus en état de faire usage.

Le lendemain, la même Morgiane vient chez le même apothicaire, et demande, les larmes aux yeux, d'une essence dont on avait coutume de ne faire prendre aux malades qu'à la dernière extrémité ; et on n'espérait rien de leur vie, si cette essence ne les faisait revivre.

« Hélas! dit-elle avec une grande affliction, en la recevant des mains de l'apothicaire, je crains fort que ce remède ne fasse pas plus d'effet que les tablettes! Ah! que je perds un bon maître!

D'un autre côté, comme on vit toute la journée Ali Baba et sa femme, d'un air triste, faire plusieurs allées et venues chez Cassim, on ne fut pas étonné sur le soir d'entendre des cris lamentables de la femme de Cassim, et surtout de Morgiane, qui annonçaient que Cassim était mort.

Le jour suivant de grand matin, le jour ne faisait que commencer à paraître, Morgiane, qui savait qu'il y avait sur la place un bonhomme de savetier fort vieux, qui ouvrait tous les jours sa boutique le premier, long-temps avant les autres, sort, et va le trouver. En l'abordant, et en lui donnant le bonjour, elle lui mit une pièce d'or dans la main.

Baba Moustafa, connu de tout le monde sous ce nom, Baba Moustafa, dis-je, qui était naturellement gai, et qui avait toujours le mot pour rire, en regardant la pièce d'or, à cause qu'il n'était pas encore bien jour, et en voyant que c'était de l'or : « Bonne étrenne ! dit-il ; de quoi s'agit-il ? Me voilà prêt à bien faire. »

« Baba Moustafa, lui dit Morgiane, prenez ce qui vous est nécessaire pour coudre, et venez avec moi promptement, mais à condition que je vous banderai les yeux quand nous serons dans un tel endroit.

A ces paroles, Baba Moustafa fit le difficile.

« Oh, oh ! reprit-il ; vous voulez donc me faire faire quelque chose contre ma conscience ou contre mon honneur ? »

En lui mettant une autre pièce d'or dans la main : « Dieu me garde, reprit Morgiane, que j'exige rien de vous que vous ne puissiez faire en tout honneur ! Venez seulement, et ne craignez rien. »

Baba Moustafa se laissa mener ; et Morgiane, après lui avoir bandé les yeux avec un mouchoir à l'endroit qu'elle avait marqué, le mena chez défunt son maître, et elle ne lui ôta le mouchoir que dans la chambre où elle avait mis le corps, chaque quartier à sa place. Quand elle le lui eut ôté : « Baba Moustafa, dit-elle, c'est pour vous faire coudre les pièces que voilà que je vous ai amené. Ne perdez pas de temps ; et quand vous aurez fait, je vous donnerai une autre pièce d'or. »

Quand Baba Moustafa eut achevé, Morgiane lui rebanda les yeux dans la même chambre ; et après lui avoir donné la troisième pièce d'or qu'elle lui avait

promise, et lui avoir recommandé le secret, elle le ramena jusqu'à l'endroit où
elle lui avait bandé les yeux en l'amenant;
et là, après lui avoir encore ôté le mouchoir, elle le laissa retourner chez lui, en
le conduisant de vue jusqu'à ce qu'elle ne
le vît plus, afin de lui ôter la curiosité de
revenir sur ses pas pour l'observer elle-
même.

Morgiane avait fait chauffer de l'eau
pour laver le corps de Cassim. Ainsi Ali
Baba, qui arriva comme elle venait de
rentrer, le lava, le parfuma d'encens,
et l'ensevelit avec les cérémonies accou-
tumées. Le menuisier apporta aussi la
bière, qu'Ali Baba avait pris le soin de
commander.

Afin que le menuisier ne pût s'apercevoir de rien, Morgiane reçut la bière à
la porte; et après l'avoir payé et renvoyé,
elle aida à Ali Baba à mettre le corps
dedans; et quand Ali Baba eut bien cloué
les planches par-dessus, elle alla à la mosquée avertir que tout était prêt pour l'enterrement. Les gens de la mosquée, des-
tinés pour laver les corps morts, s'offri-

frirent pour venir s'acquitter de leur
fonction ; mais elle leur dit que la chose
était faite.

Morgiane, de retour, ne faisait que de
rentrer, quand l'iman et d'autres ministres de la mosquée arrivèrent. Quatre voisins assemblés chargèrent la bière sur
leurs épaules ; et en suivant l'iman qui
récitait des prières, ils la portèrent au cimetière. Morgiane, en pleurs, comme
esclave du défunt, suivit, la tête nue, en
poussant des cris pitoyables, en se frappant la poitrine de grands coups, et en
s'arrachant les cheveux ; et Ali Baba
marchait après, accompagné des voisins
qui se détachaient tour à tour, de temps
en temps, pour relayer et soulager les
autres voisins qui portaient la bière, jusqu'à ce qu'on arrivât au cimetière.

Pour ce qui est de la femme de Cassim,
elle resta dans sa maison, en se désolant
et en poussant des cris lamentables avec
les femmes du voisinage, qui, selon la coutume, y accoururent pendant la cérémonie de l'enterrement, et qui, en joignant
leurs lamentations aux siennes, remplirent

tout le quartier de tristesse bien loin aux environs.

De la sorte, la mort funeste de Cassim fut cachée et dissimulée entre Ali Baba, sa femme, la veuve de Cassim et Morgiane, avec un ménagement si grand, que personne de la ville, loin d'en avoir connaissance, n'en eut pas le moindre soupçon.

Trois ou quatre jours après l'enterrement de Cassim, Ali Baba transporta le peu de meubles qu'il avait avec l'argent qu'il avait enlevé du trésor des voleurs, qu'il ne porta que la nuit dans la maison de la veuve de son frère, pour s'y établir; ce qui fit connaître son nouveau mariage avec sa belle sœur; et comme ces sortes de mariages ne sont pas extraordinaires dans notre religion, personne n'en fut surpris.

Quand à la boutique de Cassim, Ali Baba avait un fils qui depuis quelque temps avait achevé son apprentissage chez un autre gros marchand, qui avait toujours rendu témoignage de sa bonne conduite: il la lui donna, avec promesse, s'il conti-

nuait de se gouverner sagement, qu'il ne
serait pas long-temps à le marier avanta-
geusement selon son état.

Laissons Ali Baba jouir des commen-
cemens de sa bonne fortune, et parlons
des quarante voleurs. Ils revinrent à leur
retraite de la forêt dans le temps dont ils
étaient convenus ; mais ils furent dans un
grand étonnement de ne pas trouver le
corps de Cassim, et il augmenta quand
ils se furent aperçus de la diminution de
leurs sacs d'or.

« Nous sommes découverts et perdus,
dit le capitaine, si nous n'y prenons garde.
Et si nous ne cherchons promptement à y
apporter le remède, insensiblement nous
allons perdre tant de richesses, que nos
ancêtres et nous avons amassées avec tant
de peines et de fatigues. Tout ce que nous
pouvons juger du dommage qu'on nous a
fait, c'est que le voleur que nous avons
surpris a eu le secret de faire ouvrir la
porte, et que nous sommes arrivés heureusement à point nommé dans le temps
qu'il en allait sortir. Mais il n'était pas le
seul ; un autre doit l'avoir comme lui. Son

corps emporté, et notre trésor diminué
en sont des marques incontestables. Et
comme il n'y a pas d'apparence que plus
de deux personnes aient eu ce secret,
après avoir fait périr l'un, il faut que nous
fassions périr l'autre de même. Qu'en
dites-vous, braves gens ? N'êtes-vous pas
du même avis que moi ? »

La proposition du capitaine des voleurs
fut trouvée si raisonnable par sa compagnie, qu'ils l'approuvèrent tous, et qu'ils
tombèrent d'accord qu'il fallait abandonner toute autre entreprise, pour ne s'attacher uniquement qu'à celle-ci, et ne s'en
départir qu'ils n'y eussent réussi.

« Je n'en attendais pas moins de votre
courage et de votre bravoure, reprit le
capitaine; mais avant toutes choses, il
faut que quelqu'un de vous, hardi, adroit
et entreprenant, aille à la ville, sans armes, et en habit de voyageur et d'étranger; et qu'il emploie tout son savoir-faire
pour découvrir si on n'y parle pas de la
mort étrange de celui que nous avons mas-
sacré comme il le méritait, qui il était, et
en quelle maison il demeurait. C'est ce

qu'il nous est important que nous sachions
d'abord, pour ne rien faire dont nous
ayons lieu de nous repentir, en nous dé-
couvrant nous-mêmes dans un pays où
nous sommes inconnus depuis si long-
temps, et où nous avons un si grand intérêt de continuer de l'être. Mais afin d'ani-
mer celui de vous qui s'offrira pour se
charger de cette commission, et l'empêcher de se tromper, en nous venant faire
un rapport faux, au lieu d'un véritable
qui serait capable de causer notre ruine,
je vous demande si vous ne jugez pas à
propos qu'en ce cas-là il se soumette à la
peine de mort. »

Sans attendre que les autres donnassent
leurs suffrages : « Je m'y soumets, dit l'un
des voleurs, et je fais gloire d'exposer ma
vie, en me chargeant de la commission.
Si je n'y réussis pas, vous vous souvien-
drez au moins que je n'aurai manqué ni
de bonne volonté, ni de courage pour le
bien commun de la troupe. »

Ce voleur, après avoir reçu de grandes
louanges du capitaine et de ses camarades, se déguisa de manière que personne

ne pouvait le prendre pour ce qu'il était. En se séparant de la troupe, il partit la nuit, et il prit si bien ses mesures, qu'il entra dans la ville dans le temps que le jour ne faisait que commencer à paraître. Il avança jusqu'à la place, où il ne vit qu'une seule boutique ouverte, et c'était celle de Baba Moustafa.

Baba Moustafa était assis sur son siége, l'alêne à la main, prêt à travailler de son métier. Le voleur alla l'aborder, en lui souhaitant le bonjour; et comme il se fut aperçu de son grand âge : « Bonhomme, dit-il, vous commencez à travailler de grand matin; il n'est pas possible que vous y voyiez encore clair, âgé comme vous l'êtes; et quand il ferait plus clair, je doute que vous ayiez d'assez bons yeux pour coudre. »

« Qui que vous soyez, reprit Baba Moustafa, il faut que vous ne me connaissiez pas. Si vieux que vous me voyez, je ne laisse pas d'avoir les yeux excellens; et vous n'en douterez pas quand vous saurez qu'il n'y a pas long-temps que j'ai cousu un mort dans un lieu où il ne faisait guère plus clair qu'il fait présentement. »

Le voleur eut une grande joie de s'être adressé en arrivant à un homme qui d'abord, comme il n'en douta pas, lui donnait de lui-même la nouvelle de ce qui l'avait amené sans le lui demander.

« Un mort ! reprit-il avec étonnement. » Et pour le faire parler : « Pourquoi coudre un mort ? ajouta-t-il. Vous voulez dire apparemment que vous avez cousu le linceul dans lequel il a été enseveli. »

« Non, non, repartit Baba Moustafa : je sais ce que je veux dire. Vous voudriez me faire parler ; mais vous n'en saurez pas davantage. »

Le voleur n'avait pas besoin d'un éclaircissement plus ample pour être persuadé qu'il avait découvert ce qu'il était venu chercher. Il tira une pièce d'or ; et en la mettant dans la main de Baba Moustafa, il lui dit :

« Je n'ai garde de vouloir entrer dans votre secret, quoique je puisse vous assurer que je ne le divulguerais pas si vous me l'aviez confié. La seule chose dont je vous prie, c'est de me faire la grâce de m'enseigner; ou de venir me montrer la maison où vous avez cousu ce mort. »

« Quand j'aurais la volonté de vous accorder ce que vous me demandez, reprit Baba Moustafa, en tenant la pièce d'or prêt à la rendre, je vous assure que je ne pourrais pas le faire : vous devez m'en croire sur ma parole. En voici la raison : c'est qu'on m'a mené jusqu'à un certain endroit où l'on m'a bandé les yeux, et de là je me suis laissé conduire jusque dans la maison, d'où, après avoir fait ce que je devais faire, on me ramena, de la même manière, jusqu'au même endroit. Vous voyez l'impossibilité qu'il y a que je puisse vous rendre service. »

« Au moins, repartit le voleur, vous devez vous souvenir à peu près du chemin qu'on vous a fait faire les yeux bandés. Venez, je vous prie, avec moi; je vous banderai les yeux en cet endroit-là; et nous marcherons ensemble par le même chemin et par les mêmes détours que vous pourrez vous remettre dans la mémoire d'avoir marché; et comme toute peine mérite récompense, voici une autre pièce d'or. Venez ; faites-moi le plaisir que je vous demande. » Et en disant ces paroles, il lui mit une autre pièce dans la main.

Les deux pièces d'or tentèrent Baba Moustafa ; il les regarda quelque temps dans sa main sans dire mot, en se consultant pour savoir ce qu'il devait faire. Il tira enfin sa bourse de son sein, et en les mettant dedans : « Je ne puis vous assurer, dit-il au voleur, que je me souvienne précisément du chemin qu'on me fit faire ; mais puisque vous le voulez ainsi, allons ; je ferai ce que je pourrai pour m'en souvenir. »

Baba Moustafa se leva à la grande satisfaction du voleur ; et, sans fermer sa boutique, où il n'y avait rien de considérable à perdre, il mena le voleur avec lui jusqu'à l'endroit où Morgiane lui avait bandé les yeux. Quand ils furent arrivés : « C'est ici, dit Baba Moustafa, qu'on m'a bandé, et j'étais tourné comme vous me voyez. Le voleur, qui avait son mouchoir prêt, les lui banda, et il marcha à côté de lui, en partie en le conduisant, en partie en se laissant conduire par lui, jusqu'à ce qu'il s'arrêtât.

« Il me semble, dit Baba Moustafa, que je n'ai point passé plus loin. » Et il se trouva véritablement devant la maison de Cassim, où Ali Baba demeurait alors. Avant de lui ôter le mouchoir de devant les yeux, le voleur fit promptement une marque à la porte avec de la craie qu'il tenait prête; et quand il le lui eut ôté, il lui demanda s'il savait à qui appartenait la maison. Baba Moustafa lui répondit qu'il n'était pas du quartier, et ainsi qu'il ne pouvait lui en rien dire.

Comme le voleur vit qu'il ne pouvait apprendre rien davantage de Baba Moustafa, il le remercia de la peine qu'il lui avait fait prendre; et après qu'il l'eut quitté et laissé retourner à sa boutique, il reprit le chemin de la forêt, persuadé qu'il serait bien reçu.

Peu de temps après que le voleur et Baba Moustafa se furent séparés, Morgiane sortit de la maison d'Ali Baba pour quelque affaire; et en revenant, elle remarqua la marque que le voleur y avait faite ; elle s'arrêta pour y faire attention.

« Que signifie cette marque ? dit-elle en elle-même ; quelqu'un voudrait-il du mal à mon maître ? ou l'a-t-on faite pour se divertir ? A quelque intention qu'on l'ait pu faire, ajouta-t-elle, il est bon de se précautionner contre tout événement. »

Elle prend aussitôt de la craie ; et comme les deux ou trois portes au-dessus et au-dessous étaient semblables, elle les marqua au même endroit, et elle rentra dans la maison, sans parler de ce qu'elle venait de faire, ni à son maître ni à sa maîtresse.

Le voleur cependant, qui continuait son chemin, arriva à la forêt, et rejoignit sa troupe de bonne heure. En arrivant, il fit rapport du succès de son voyage, en exagérant le bonheur qu'il avait eu d'avoir trouvé d'abord un homme par lequel il avait appris le fait dont il était venu s'informer ; ce que personne que lui n'eût pu lui apprendre. Il fut écouté avec une grande satisfaction ; et le capitaine, en prenant la parole, après l'avoir loué de sa diligence : « Camarades, dit-il en s'adressant à tous, nous n'avons pas de temps

à perdre ; partons bien armés , sans qu'il
paraisse que nous le soyons ; et quand
nous serons entrés dans la ville séparé-
ment les uns après les autres , pour ne
pas donner de soupçon, que le rendez-
vous soit dans la grande place , les uns
d'un côté, les autres de l'autre , pendant
que j'irai reconnaître la maison avec notre
camarade qui vient de nous apporter une
si bonne nouvelle , afin que là-dessus je
juge du parti qui nous conviendra le
mieux. »

Le discours du capitaine des voleurs
fut applaudi , et ils furent bientôt en état
de partir. Ils défilèrent deux à deux, trois
à trois ; et en marchant à une distance raisonnable les uns des autres , ils entrèrent
dans la ville sans donner aucun soupçon.
Le capitaine et celui qui était venu le matin y entrèrent les derniers. Celui-ci mena
le capitaine dans la rue où il avait marqué
la maison d'Ali Baba ; et quand il fut
devant une des portes qui avaient été marquées par Morgiane, il la lui fit remarquer, en lui disant que c'était celle-la.
Mais en continuant leur chemin sans s'ar-

rêter, afin de ne pas se rendre suspects ; comme le capitaine eut observé que la porte qui suivait était marquée de la même marque et au même endroit, il le fit remarquer à son conducteur, et lui demanda si c'était celle-ci ou la première. Le conducteur demeura confus ; et il ne sut que répondre, encore moins quand il eut vu avec le capitaine que les quatre ou cinq portes qui suivaient avaient aussi la même marque. Il assura au capitaine, avec serment, qu'il n'en avait marqué qu'une.

« Je ne sais, ajouta-t-il, qui peut avoir marqué les autres avec tant de ressemblance ; mais, dans cette confusion, j'avoue que je ne peux distinguer laquelle est celle que j'ai marquée. »

Le capitaine, qui vit son dessein avorté, se rendit à la grande place, où il fit dire à ses gens, par le premier qu'il rencontra, qu'ils avaient perdu leur peine et fait un voyage inutile, et qu'ils n'avaient d'autre parti à prendre que de reprendre le chemin de leur retraite commune. Il en donna l'exemple, et ils le suivirent tous dans le même ordre qu'ils étaient venus.

Quand la troupe se fut rassemblée dans la forêt, le capitaine leur expliqua la raison pourquoi il les avait fait revenir. Aussitôt le conducteur fut déclaré digne de mort tout d'une voix, et il s'y condamna lui-même, en reconnaissant qu'il aurait dû prendre mieux ses précautions; et il présenta le cou avec fermeté à celui qui se présenta pour lui couper la tête.

Comme il s'agissait, pour la conservation de la bande, de ne pas laisser sans vengeance le tort qui lui avait été fait, un autre voleur, qui se promit de mieux réussir que celui qui venait d'être châtié, se présenta, et demanda en grâce d'être préféré. Il est écouté. Il marche. Il corrompt Baba Moustafa, comme le premier l'avait corrompu; et Baba Moustafa lui fait connaître la maison d'Ali Baba, les yeux bandés. Il la marque de rouge dans un endroit moins apparent, en comptant que c'était un moyen sûr pour la distinguer d'avec celles qui étaient marquées de blanc.

Mais peu de temps après, Morgiane
sortit de la maison comme le jour précé-
dent ; et quand elle revint, la marque
rouge n'échappa pas à ses yeux clair-
voyans. Elle fit le même raisonnement
qu'elle avait fait, et elle ne manqua pas
de faire la même marque de crayon rouge
aux autres portes voisines et aux autres
endroits.

Le voleur, à son retour vers sa troupe
dans la forêt, ne manqua pas de faire valoir la précaution qu'il avait prise, comme
infaillible, disait-il, pour ne pas confon-
dre la maison d'Ali Baba avec les autres.
Le capitaine et ses gens croient avec lui
que la chose doit réussir. Ils se rendent
à la ville dans le même ordre et avec les
mêmes soins qu'auparavant, armés aussi
de même, prêts à faire le coup qu'ils mé-
ditaient ; et le capitaine et le voleur, en
arrivant, vont à la rue d'Ali Baba ; mais
ils trouvent la même difficulté que la
première fois. Le capitaine en est in-
digné, et le voleur dans une confusion
aussi grande que celui qui l'avait précédé
avec la même commission.

Ainsi, le capitaine fut contraint de se retirer encore ce jour-là avec ses gens, aussi peu satisfait que le jour d'auparavant. Le voleur, comme auteur de la méprise, subit pareillement le châtiment auquel il s'était soumis volontairement.

Le capitaine, qui vit sa troupe diminuée de deux braves sujets, craignit de la voir diminuer davantage s'il continuait de s'en rapporter à d'autres pour être informé au vrai de la maison d'Ali Baba. Leur exemple lui fit connaître qu'ils n'étaient propres tous qu'à des coups de main, et nullement à agir de tête dans les occasions. Il se chargea de la chose lui-même; il vint à la ville, et avec l'aide de Baba Moustafa, qui lui rendit le même service qu'aux deux députés de sa troupe, il ne s'amusa pas à faire aucune marque pour connaître la maison d'Ali Baba; mais il l'examina si bien, non-seulement en la considérant attentivement, mais même en passant et en repassant à diverses fois par-devant, qu'il n'était pas possible qu'il s'y méprit.

Le capitaine des voleurs, satisfait de

son voyage, et instruit de ce qu'il avait souhaité, retourna à la forêt; et quand il fut arrivé dans la grotte où sa troupe l'attendait : « Camarades, dit-il, rien enfin ne peut plus nous empêcher de prendre une pleine vengeance du dommage qui nous a été fait. Je connais avec certitude la maison du coupable sur qui elle doit tomber; et dans le chemin, j'ai songé aux moyens de la lui faire sentir si adroitement, que personne ne pourra avoir connaissance du lieu de notre retraite, non plus que de notre trésor; car c'est le but que nous devons avoir dans notre entreprise; autrement, au lieu de nous être utile, elle nous serait funeste. Pour parvenir à cet but, continua le capitaine, voici ce que j'ai imaginé. Quand je vous l'aurai exposé, si quelqu'un sait un expédient meilleur, il pourra le communiquer. »

Alors il leur expliqua de quelle manière il prétendait se comporter; et comme ils lui eurent tous donné leur approbation, il les chargea, en se partageant dans les bourgs et dans les villages d'alentour, et même dans les villes, d'acheter des mulets, jusqu'au nombre de dix-neuf, et trente-huit grands vases de cuir à transporter de l'huile, l'un plein, et les autres vides.

En deux ou trois jours de temps, les voleurs eurent fait tout cet amas. Comme les vases vides étaient un peu étroits par la bouche pour l'exécution de son dessein, le capitaine les fit un peu élargir ; et après avoir fait entrer un de ses gens dans chacun avec les armes qu'il avait jugé nécessaires, en laissant ouvert ce qu'il avait fait découdre, afin de leur laisser la respiration libre, il les ferma de manière qu'ils paraissaient pleins d'huile ; et pour les mieux déguiser, il les frotta par le dehors d'huile, qu'il prit du vase qui en était plein.

Les choses ainsi disposées, quand les mulets furent chargés des trente-sept voleurs, sans y comprendre le capitaine, chacun caché dans un des vases, et du vase qui était plein d'huile, leur capitaine, comme conducteur, prit le chemin de la ville, dans le temps qu'il avait résolu,

et y arriva à la brune, environ une heure
après le coucher du soleil, comme il se
l'était proposé. Il y entra, et alla droit à
la maison d'Ali Baba, dans le dessein de
frapper à la porte, et de demander à y
passer la nuit avec ses mulets, sous le bon
plaisir du maître. Il n'eut pas la peine de
frapper : il trouva Ali Baba à la porte,
qui prenait le frais après le souper. Il fit
arrêter ses mulets; et en s'adressant à Ali
Baba : « Seigneur, dit-il, j'amène l'huile
que vous voyez de bien loin, pour la
vendre demain au marché; et à l'heure
qu'il est, je ne sais où aller loger. Si cela
ne vous incommode pas, faites-moi le
plaisir de me recevoir chez vous pour y
passer la nuit; je vous en aurai obligation. »

Quoiqu'Ali Baba eût vu dans la forêt
celui qui lui parlait, et même entendu
sa voix, comment eût-il pu le reconnaître
pour le capitaine des quarante voleurs,
sous le déguisement d'un marchand
d'huile?

« Vous êtes le bien-venu, lui dit-il; entrez. » Et en disant ces paroles, il lui fit

place pour le laisser entrer avec ses mulets, comme il le fit.

En même temps, Ali Baba appela un
esclave qu'il avait, et lui commanda,
quand les mulets seraient déchargés, de
les mettre non-seulement à couvert dans
l'écurie, mais même de leur donner du
foin et de l'orge. Il prit aussi la peine
d'entrer dans la cuisine, et d'ordonner à
Morgiane d'apprêter promptement à souper pour l'hôte qui venait d'arriver, et
de lui préparer un lit dans une chambre.

Ali Baba fit plus : pour faire à son hôte
tout l'accueil possible, quand il vit que le
capitaine des voleurs avait déchargé ses
mulets, que les mulets avaient été menés
dans l'écurie, comme il l'avait commandé, et qu'il cherchait une place pour
passer la nuit à l'air, il alla le prendre
pour le faire entrer dans la salle où il
recevait son monde, en lui disant qu'il
ne souffrirait pas qu'il couchât dans la
cour. Le capitaine des voleurs s'en excusa
fort, sous prétexte de ne vouloir pas être
incommode; mais, dans le vrai, pour
avoir lieu d'exécuter ce qu'il méditait

avec plus de liberté ; et il ne céda aux honnêtetés d'Ali Baba qu'après de fortes instances.

Ali Baba, non content de tenir compagnie à celui qui en voulait à sa vie, jusqu'à ce que Morgiane lui eût servi le souper, continua de l'entretenir de plusieurs choses qu'il crut pouvoir lui faire plaisir, et il ne le quitta que quand il eut achevé le repas dont il l'avait régalé.

« Je vous laisse le maître ; lui dit-il : vous n'avez qu'à demander toutes les choses dont vous pouvez avoir besoin, il n'y a rien chez moi qui ne soit à votre service. »

Le capitaine des voleurs se leva en même temps qu'Ali Baba, et l'accompagna jusqu'à la porte ; et pendant qu'Ali Baba alla dans la cuisine pour parler à Morgiane, il entra dans la cour, sous prétexte d'aller à l'écurie voir si rien ne manquait à ses mulets.

Ali Baba, après avoir recommandé de nouveau à Morgiane de prendre un grand soin de son hôte, et de ne le laisser manquer de rien : « Morgiane, ajouta-t-il, je

t'avertis que demain je vais au bain avant
le jour; prends soin que mon linge de
bain soit prêt, et de le donner à Abdalla
(c'était le nom de son esclave)., et fais-
moi un bon bouillon pour le prendre à
mon retour.

Après lui avoir donné ces ordres, il se
retira pour se coucher.

Le capitaine des voleurs cependant, à
la sortie de l'écurie, alla donner à ses
gens l'ordre de ce qu'ils devaient faire.
En commençant depuis le premier vase
jusqu'au dernier, il dit à chacun :

« Quand je jetterai de petites pierres
de la chambre où l'on me loge, ne man-
quez pas de vous faire ouverture, en fen-
dant le vase depuis le haut jusqu'en bas
avec le couteau dont vous êtes muni, et
d'en sortir; aussitôt je serai à vous. »

Le couteau dont il parlait était pointu
et affilé pour cet usage.

Cela fait, il revint; et comme il se fut
présenté à la porte de la cuisine, Morgiane prit de la lumière, et elle le conduisit à la chambre qu'elle lui avait pré-
parée, où elle le laissa, après lui avoir

demandé s'il avait besoin de quelqu'autre
chose. Pour ne pas donner de soupçon,
il éteignit la lumière peu de temps après,
et il se coucha tout habillé, prêt à se lever
dès qu'il aurait fait son premier somme.

Morgiane n'oublia pas les ordres d'Ali
Baba : elle prépare son linge de bain ; elle
en charge Abdalla, qui n'était pas encore allé se coucher ; elle met le pot au
feu pour le bouillon, et pendant qu'elle
écume le pot, la lampe s'éteint. Il n'y
avait plus d'huile dans la maison, et la
chandelle y manquait aussi. Que faire ?
Elle a besoin cependant de voir clair pour
écumer son pot ; elle en témoigne sa peine
à Abdalla.

« Te voilà bien embarrassée ! lui dit
Abdalla, va prendre de l'huile dans un
des vases que voilà dans la cour. »

Morgiane remercia Abdalla de l'avis ;
et pendant qu'il va se coucher près de la
chambre d'Ali Baba, pour le suivre au
bain, elle prend la cruche à l'huile, et
elle va dans la cour. Comme elle se fut
approchée du premier vase qu'elle rencontra, le voleur qui était caché dedans

demanda, en parlant bas : Est-il temps ? »

Quoique le voleur eut parlé bas, Morgiane néanmoins fut frappée de la voix d'autant plus facilement, que le capitaine des voleurs, dès qu'il eut déchargé ses mulets, avait ouvert non-seulement ce vase, mais même tous les autres, pour donner de l'air à ses gens, qui d'ailleurs y étaient fort mal à leur aise, sans y être cependant privés de la facilité de respirer.

Tout autre esclave que Morgiane, aussi surprise qu'elle le fut en trouvant un homme dans un vase, au lieu d'y trouver de l'huile qu'elle cherchait, eût fait un vacarme capable de causer de grands malheurs. Mais Morgiane était au-dessus de ses semblables : elle comprit en un instant l'importance de garder ce secret, le danger pressant où se trouvait Ali Baba et sa famille, et où elle se trouvait elle-même, et la nécessité d'y apporter promptement le remède, sans faire d'éclat ; et, par sa capacité, elle en pénétra d'abord les moyens. Elle rentra donc en elle-même dans le moment ; et sans faire

paraître aucune émotion ; en prenant la
place du capitaine des voleurs, elle répondit à la demande, et elle dit : « Pas
encore, mais bientôt. » Elle s'approcha
du vase qui suivait, et la même demande
lui fut faite, et ainsi de suite, jusqu'à ce
qu'elle arrivât au dernier, qui était plein
d'huile ; et, à la même demande, elle
donna la même réponse.

Morgiane connut par-là que son maître
Ali Baba, qui avait cru ne donner à loger chez lui qu'à un marchand d'huile, y
avait donné entrée à trente-huit voleurs,
en y comprenant le faux marchand leur
capitaine. Elle remplit en diligence sa
cruche d'huile, qu'elle prit du dernier
vase ; elle revint dans sa cuisine, où,
après avoir mis de l'huile dans la lampe
et l'avoir rallumée, elle prend une grande
chaudière, elle retourne à la cour, où elle
l'emplit de l'huile du vase. Elle la rapporte, la met sur le feu, et met dessous
force bois, parce que plutôt l'huile bouil-
lira, plutôt elle aura exécuté ce qui doit
contribuer au salut commun de la maison, qui ne demande pas de retardement.

L'huile bout enfin ; elle prend la chaudière , et elle va verser dans chaque vase assez d'huile toute bouillante, depuis le premier jusqu'au dernier, pour les étouffer et leur ôter la vie, comme elle la leur ôta.

Cette action, digne du courage de Morgiane, excutée sans bruit, comme elle l'avait projeté, elle revint dans la cuisine avec la chaudière vide, et ferma la porte. Elle éteint le grand feu qu'elle avait allumé, et elle n'en laisse qu'autant qu'il en faut pour achever de faire cuire le pot du bouillon d'Ali Baba. Ensuite elle souffle la lampe, et elle demeure dans un grand silence, résolue à ne pas se coucher qu'elle n'eût observé ce qui arriverait, par une fenêtre de la cuisine qui donnait sur la cour, autant que l'obscurité de la nuit pouvait le permettre.

Il n'y avait pas encore un quart d'heure que Morgiane attendait, quand le capitaine des voleurs s'éveilla. Il se lève; il regarde par la fenêtre qu'il ouvre; et comme il n'aperçoit aucune lumière et qu'il voit régner un grand repos et un

profond silence dans la maison, il donne
le signal en jetant de petites pierres,
dont plusieurs tombèrent sur les vases,
comme il n'en douta point par le son
qui lui en vint aux oreilles. Il prête l'o-
reille, et n'entend ni n'aperçoit rien qui
lui fasse connaître que ses gens se mettent
en mouvement. Il en est inquiet : il jette
de petites pierres une seconde et une
troisième fois. Elles tombent sur les vases,
et cependant pas un des voleurs ne donne
le moindre signe de vie, et il n'en peut
comprendre la raison. Il descend dans la
cour tout alarmé, avec le moins de bruit
qu'il lui est possible ; il approche de même
du premier vase, et quand il veut demander au voleur, qu'il croit vivant, s'il
dort, il sent une odeur d'huile chaude et
de brûlé qui s'exhale du vase, par où il
connaît que son entreprise contre Ali
Baba, pour lui ôter la vie, pour piller sa
maison, et pour emporter, s'il pouvait,
l'or qu'il avait enlevé à sa communauté,
était échouée. Il passe au vase qui suivait, et à tous les autres l'un après l'autre,
et il trouve que ses gens avaient péri par

le même sort; et, par la diminution de
l'huile dans le vase qu'il avait apporté
plein, il connut la manière dont on s'y
était pris pour le priver du secours qu'il
en attendait. Au désespoir d'avoir manqué son coup, il enfila la porte du jardin
d'Ali Baba, qui donnait dans la cour;
et, de jardin en jardin, en passant par-
dessus les murs, il se sauva.

Quand Morgiane n'entendit plus de
bruit, et qu'elle ne vit pas revenir le capitaine des voleurs, après avoir attendu
quelque temps, elle ne douta pas du parti
qu'il avait pris, plutôt que de chercher à
se sauver par la porte de la maison, qui
était fermée à double tour. Satisfaite et
dans une grande joie d'avoir si bien réussi
à mettre toute la maison en sûreté, elle se
coucha enfin, et elle s'endormit.

Ali Baba cependant sortit avant le jour,
et alla au bain, suivi de son esclave, sans
rien savoir de l'événement étonnant qui
était arrivé chez lui pendant qu'il dormait,
au sujet duquel Morgiane n'avait pas jugé
à propos de l'éveiller, avec d'autant plus
de raison, qu'elle n'avait pas de temps à

perdre à l'instant du danger, et qu'il était inutile de troubler son repos, après qu'elle l'eut détourné.

Lorsqu'il revint des bains, et qu'il rentra chez lui, le soleil était levé. Ali Baba fut si surpris de voir encore les vases d'huile dans leur place, et que le marchand ne se fût pas rendu au marché avec ses mulets, qu'il en demanda la raison à Morgiane, qui lui était venu ouvrir, et qui avait laissé toutes choses dans l'état où il les voyait, pour lui en donner le spectacle, et lui expliquer plus sensiblement ce qu'elle avait fait pour sa conservation.

« Mon bon maître, dit Morgiane en répondant à Ali Baba, Dieu vous conserve, vous et toute votre maison! Vous apprendrez mieux ce que vous désirez de savoir, quand vous aurez vu ce que j'ai à vous faire voir : prenez la peine de venir avec moi. »

Ali Baba suivit Morgiane. Quand elle eut fermé la porte, elle le mena au premier vase : « Regardez dans ce vase, lui dit-elle, et voyez s'il y a de l'huile. »

Ali Baba regarda ; et comme il eut vu

9.   20

un homme dans le vase, il se retira en arrière, tout effrayé, avec un grand cri.

« Ne craignez rien, lui dit Morgiane, l'homme que vous voyez ne vous fera pas de mal ; il en a fait, mais il n'est plus en état d'en faire, ni à vous, ni à personne ; il n'a plus de vie. »

« Morgiane! s'écria Ali Baba, que veut dire ce que tu viens de me faire voir ? Explique-le-moi. »

« Je vous l'expliquerai, dit Morgiane; mais modérez votre étonnement, et n'éveillez pas la curiosité des voisins d'avoir connaissance d'une chose qu'il est très-important que vous teniez cachée. Voyez auparavant tous les autres vases. »

Ali Baba regarda dans les autres vases l'un après l'autre, depuis le premier jusqu'au dernier où il y avait de l'huile, dont il remarqua que l'huile était notablement diminuée; et quand il eut fait, il demeura comme immobile, tantôt en jetant les yeux sur les vases, tantôt en regardant Morgiane, sans dire mot, tant la surprise où il était était grande. A la fin, comme si la parole lui fût revenue:

Et le marchand, demanda-t-il, qu'est-il devenu ? »

« Le marchand, repondit Morgiane, est aussi peu marchand que je suis marchande. Je vous dirai qui il est, et ce qu'il est devenu. Mais vous apprendrez toute l'histoire plus commodément dans votre chambre; car il est temps, pour le bien de votre santé, que vous preniez un bouillon après être sorti du bain. »

Pendant qu'Ali Baba se rendit dans sa chambre, Morgiane alla à la cuisine prendre le bouillon ; elle le lui apporta, et avant de le prendre, Ali Baba lui dit :

« Commence toujours à satisfaire l'impatience où je suis, et raconte-moi une histoire si étrange, avec toutes ses circonstances. »

Morgiane, pour obéir à Ali Baba, lui dit :

« Seigneur, hier au soir, quand vous vous fûtes retiré pour vous coucher, je préparai votre linge de bain, comme vous veniez de me le commander, et j'en chargeai Abdalla. Ensuite je mis le pot au feu pour le bouillon; et comme je l'écumais, la lampe, faute d'huile, s'éteignit tout à

coup, et il n'y en avait pas une goutte
dans la cruche. Je cherchai quelques bouts
de chandelle, et je n'en trouvai pas un.
Abdalla, qui me vit embarrassée, me fit
souvenir des vases pleins d'huile qui
étaient dans la cour, comme il n'en dou-
tait pas non plus que moi, et comme vous
l'avez cru vous-même. Je pris la cruche et
je courus au vase le plus voisin. Mais
comme je fus près du vase, il en sortit une
voix qui me demanda : » Est-il temps? Je
ne m'effrayai pas ; mais en comprenant sur
le-champ la malice du faux marchand, je
répondis sans hésiter : « Pas encore, mais
bientôt. » Je passai au vase qui suivait ; et
une autre voix me fit la même demande,
à laquelle je répondis de même. J'allai
aux autres vases l'un après l'autre : à pareille demande, pareille réponse, et je ne
trouvai de l'huile que dans le dernier vase,
dont j'emplis la cruche. Quand j'eus considéré qu'il y avait trente-sept voleurs
au milieu de votre cour, qui n'attendaient
que le signal ou que le commandement de
leur chef, que vous aviez pris pour un marchand, et à qui vous aviez fait un si grand

accueil, au point de mettre toute la maison en combustion, je ne perdis pas de temps ; je rapportai la cruche, j'allumai la lampe : et après avoir pris la chaudière la plus grande de la cuisine, j'allai l'emplir d'huile. Je la mis sur le feu, et quand elle fut bien bouillante, j'en allai verser dans chaque vase où étaient les voleurs, autant qu'il en fallut pour les empêcher tous d'exécuter le pernicieux dessein qui les avait amenés. La chose ainsi terminée de la manière que je l'avais méditée, je revins dans la cuisine ; j'éteignis la lampe ; et avant que je me couchasse, je me mis à examiner tranquillement, par la fenêtre, quel parti prendrait le faux marchand d'huile. Au bout de quelque temps, j'entendis que pour signal, il jeta de sa fenêtre de petites pierres qui tombèrent sur les vases. Il en jeta une seconde et une troisième fois ; et comme il n'aperçut ou n'entendit aucun mouvement, il descendit, et je le vis aller de vase en vase jusqu'au dernier, après quoi l'obscurité de la nuit fit que je le perdis de vue. J'observai encore quelque temps ; et comme je vis

qu'il ne revenait pas, je ne doutai pas
qu'il ne se fût sauvé par le jardin, déses-
péré d'avoir si mal réussi. Ainsi, persuadée que la maison était en sûreté, je
me couchai. »

En achevant, Morgiane ajouta :

« Voilà quel est l'histoire que vous
m'avez demandée, et je suis convaincue
que c'est la suite d'une observation que
j'avais faite depuis deux ou trois jours,
dont je n'avais pas cru devoir vous entretenir, qui est qu'une fois en revenant de
la ville de bon matin, j'aperçus que la
porte de la rue était marquée de blanc, et
le jour d'après de rouge après la marque
blanche, et que chaque fois, sans savoir à
quel dessein cela pouvait avoir été fait,
j'avais marqué de même et au même endroit deux ou trois portes de nos voisins
au-dessus et au-dessous. Si vous joignez
cela avec ce qui vient d'arriver, vous trouverez que le tout a été machiné par les
voleurs de la forêt, dont je ne sais pourquoi la troupe est diminuée de deux. Quoi
qu'il en soit, la voilà réduite à trois au
plus. Cela fait voir qu'ils avaient juré

votre perte, et qu'il est bon que vous vous teniez sur vos gardes, tant qu'il sera certain qu'il en restera quelqu'un au monde. Quant à moi, je n'oublierai rien pour veiller à votre conservation, comme j'y suis obligée. »

Quand Morgiane eut achevé, Ali Baba, pénétré de la grande obligation qu'il lui avait, lui dit :

« Je ne mourrai pas que je ne t'aie récompensée comme tu le mérites. Je te dois la vie; et pour commencer à t'en donner une marque de reconnaissance, je te donne la liberté dès à présent, en attendant que j'y mette le comble de la manière que je me le propose. Je suis persuadé avec toi que les quarante voleurs m'ont dressé ces embûches. Dieu m'a délivré par ton moyen. J'espère qu'il continuera de me préserver de leur méchanceté, et qu'en achevant de la détourner de ma tête, il délivrera le monde de leur persécution et de leur engeance maudite. Ce que nous avons à faire, c'est d'enterrer incessamment les corps de cette peste du genre humain avec un si grand secret,

que personne ne puisse rien soupçonner
de leur destinée; et c'est à quoi je vais
travailler avec Abdala. »

Le jardin d'Ali Baba était d'une grande
longueur, terminé par de grands arbres.
Sans différer, il alla sous ces arbres avec
son esclave, creuser une fosse longue et
large à proportion des corps qu'ils avaient
à y enterrer. Le terrain était aisé à re-
muer, et ils ne mirent pas un long-temps à
l'achever. Ils tirèrent les corps hors des vases, et ils mirent à part les armes dont les
voleurs s'étaient munis. Ils transportèrent
ces corps au bout du jardin, et ils les ar-
rangèrent dans la fosse; et après les avoir
couverts de la terre qu'ils en avaient tirée,
ils dispersèrent ce qui en restait aux environs, de manière que le terrain parût
égal comme auparavant. Ali Baba fit cacher soigneusement les vases à l'huile et
les armes; et quant aux mulets, dont il
n'avait pas besoin pour lors, il les envoya
au marché à différentes fois, où il les fit
vendre par son esclave.

Pendant qu'Ali Baba prenait toutes ses
mesures pour ôter à la connaissance du

public par quel moyen il était devenu riche en peu de temps, le capitaine des quarante voleurs était retourné à la forêt avec une mortification inconcevable, et, dans l'agitation, ou plutôt dans la confusion où il était d'un succès si malheureux et contraire à ce qu'il s'était promis, il était rentré dans la grotte, sans avoir pu s'arrêter à aucune résolution dans le chemin, sur ce qu'il devait faire ou ne pas faire à Ali Baba.

La solitude où il se trouva dans cette sombre demeure lui parut affreuse.

« Braves gens, s'écria-t-il, compagnons de mes veilles, de mes courses et de mes travaux, où êtes-vous ? Que puis-je faire sans vous ? Vous avais-je assemblés et choisis pour vous voir périr tous à la fois par une destinée si fatale et si indigne de votre courage ? Je vous regretterais moins, si vous étiez morts le sabre à la main en vaillans hommes. Quand aurai-je fait une autre troupe de gens de main comme vous ? Et quand je le voudrais, pourrais-je l'entreprendre, et ne pas exposer tant d'or, tant d'argent, tant de richesses à la proie de celui qui s'est déjà enrichi d'une partie ? Je ne puis et je ne dois y songer, qu'auparavant je ne lui aie ôté la vie. Ce que je n'ai pu faire avec un secours si puissant, je le ferai moi seul ; et quand j'aurai pourvu de la sorte à ce que ce trésor ne soit plus exposé au pillage, je travaillerai à faire en sorte qu'il ne demeure ni sans successeur, ni sans maître après moi, qu'il se conserve et qu'il s'augmente dans toute la postérité. »

Cette résolution prise, il ne fut pas embarrassé à chercher les moyens de l'exécuter ; et alors, plein d'espérance et l'esprit tranquille, il s'endormit, et passa la nuit assez paisiblement.

Le lendemain, le capitaine des voleurs, éveillé de grand matin, comme il se l'était proposé, prit un habit fort propre, conformément au dessein qu'il avait médité, et il vint à la ville, où il prit un logement dans un kan ; et comme il s'attendait que ce qui s'était passé chez Ali Baba pouvait avoir fait de l'éclat, il demanda au concierge, par manière d'entretien, s'il y avait quelque chose de nouveau dans la ville, sur quoi le concierge parla de toute autre chose que de ce qu'il lui importait de savoir. Il jugea de-là que la raison pourquoi Ali Baba gardait un si grand secret, venait de ce qu'il ne voulait pas que la connaissance qu'il avait du trésor, et du moyen d'y entrer, fût divulguée, et de ce qu'il n'ignorait pas que c'était pour ce sujet qu'on en voulait à sa vie. Cela l'anima davantage à ne rien négliger pour se défaire de lui par la même voie du secret.

Le capitaine des voleurs se pourvut d'un cheval dont il se servit pour transporter à son logement plusieurs sortes de riches étoffes et de toiles fines, en faisant plusieurs voyages à la forêt avec les précautions nécessaires pour cacher le lieu où il les allait prendre. Pour débiter ces marchandises, quand il en eut amassé ce qu'il avait jugé à propos, il chercha une boutique. Il en trouva une; et après l'avoir prise à louage du propriétaire, il la garnit, et il s'y établit. La boutique qui se trouva vis-à-vis de la sienne, était celle qui avait appartenu à Cassim, et qui était occupée par le fils d'Ali Baba il n'y avait pas long-temps.

Le capitaine des voleurs, qui avait pris le nom de Cogia Houssain, comme nouveau venu, ne manqua pas de faire civilité aux marchands ses voisins, selon la coutume. Mais comme le fils d'Ali Baba était jeune, bien fait, qu'il ne manquait pas d'esprit, et qu'il avait occasion plus souvent de lui parler et de s'entretenir avec lui, qu'avec les autres, il eut bientôt fait amitié avec lui. Il s'attacha même à le cultiver plus fortement et plus assidûment, quand trois ou quatre jours après son établissement, il eut reconnu Ali Baba qui vint voir son fils, qui s'arrêta à s'entretenir avec lui, comme il avait coutume de le faire de temps en temps, et qu'il eut appris du fils, après qu'Ali Baba l'eut quitté, que c'était son père. Il augmenta ses empressemens auprès de lui; il le caressa, il lui fit de petits présens; il le régala même, et il lui donna plusieurs fois à manger.

Le fils d'Ali Baba ne voulut pas avoir tant d'obligation à Cogia Houssain sans lui rendre la pareille. Mais il était logé étroitement, et il n'avait pas la même commodité que lui pour le régaler comme il le souhaitait. Il parla de son dessein à Ali Baba son père, en lui faisant remarquer qu'il ne serait pas séant qu'il demeurât plus long-temps sans reconnaître les honnêtetés de Cogia Houssain.

Ali Baba se chargea du régal avec plaisir.

« Mon fils, dit-il, il est demain vendredi; comme c'est un jour que les gros marchands, comme Cogia Houssain et comme vous, tiennent leurs boutiques fermées, faites avec lui une partie de promenade pour l'après-dînée, et en revenant, faites en sorte que vous le fassiez passer par chez moi, et que vous le fassiez entrer. Il sera mieux que la chose se fasse de la sorte, que si vous l'invitiez dans les formes. Je vais ordonner à Morgiane de faire le souper, et de le tenir prêt. »

Le vendredi, le fils d'Ali Baba et Cogia Houssain se trouvèrent l'après-dînée au rendez-vous qu'ils s'étaient donné, et ils firent leur promenade. En revenant, comme le fils d'Ali Baba avait affecté de faire passer Cogia Houssain par la rue où demeurait son père, quand ils furent arrivés devant la porte de la maison, il l'arrêta, et en frappant : « C'est, lui dit-il, la maison de mon père, lequel, sur le récit que je lui ai fait de l'amitié dont vous m'honorez, m'a chargé de lui procurer l'honneur de votre connaissance. Je vous prie d'ajouter ce plaisir à tous les autres dont je vous suis redevable. »

Quoique Cogia Houssain fût arrivé au but qu'il s'était proposé, qui était d'avoir entrée chez Ali Baba, et de lui ôter la vie, sans hasarder la sienne, en ne faisant pas d'éclat, il ne laissa pas néanmoins de s'excuser, et de faire semblant de prendre congé du fils ; mais comme l'esclave d'Ali Baba venait d'ouvrir, le fils le prit obligeamment par la main, et entrant le premier, il le tira, et le força en quelque manière d'entrer comme malgré lui.

Ali Baba reçut Cogia Houssain avec un visage ouvert, et avec le bon accueil qu'il pouvait souhaiter. Il le remercia des bontés qu'il avait pour son fils. » L'obligation qu'il vous en a , et que je vous en ai moi-même , ajouta-t-il , est d'autant plus grande , que c'est un jeune homme qui n'a pas encore l'usage du monde, et que vous ne dédaignez pas de contribuer à le former. »

Cogia Houssain rendit compliment pour compliment à Ali Baba , en lui assurant que si son fils n'avait pas encore acquis l'expérience de certains vieillards, il avait un bon sens qui lui tenait lieu de l'expérience d'une infinité d'autres.

Après un entretien de peu de durée sur d'autres sujets différens, Cogia Houssain voulut prendre congé. Ali Baba l'arrêta.

« Seigneur , dit-il , où voulez-vous aller ? Je vous prie de me faire l'honneur de souper avec moi. Le repas que je veux vous donner est beaucoup au-dessous de ce que vous méritez ; mais , tel qu'il est , j'espère que vous l'agréerez d'aussi bon cœur que j'ai intention de vous le donner.»

« Seigneur Ali Baba , reprit Cogia Housain , je suis très-persuadé de votre

bon cœur, et si je vous demande en grâce
de ne pas trouver mauvais que je me re-
tire sans accepter l'offre obligeante que
vous me faites, je vous supplie de croire
que je ne le fais ni par mépris, ni par
incivilité; mais parce que j'en ai une raison que vous approuveriez, si elle vous
était connue. »

« Et quelle peut être cette raison,
Seigneur? reprit Ali Baba; peut-on vous
la demander ? »

« Je puis le dire, répliqua Cogia Houssain : c'est que je ne mange ni viande ni
ragoût où il y ait du sel; jugez vous-même de la contenance que je ferais à votre
table. »

« Si vous n'avez que cette raison, in-
sista Ali Baba, elle ne doit pas me priver de l'honneur de vous posséder à souper, à moins que vous ne le vouliez autrement. Premièrement, il n'y a pas de
sel dans le pain que l'on mange chez moi;
et quant à la viande et aux ragoûts, je
vous promets qu'il n'y en aura pas dans
ce qui sera servi devant vous : je vais y
donner ordre; ainsi faites-moi la grâce

de demeurer : je reviens à vous dans un moment. »

Ali Baba alla à la cuisine , et il or-donna à Morgiane de ne pas mettre de sel sur la viande qu'elle avait à servir , et de préparer promptement deux ou trois ragoûts , entre ceux qu'il lui avait com-mandés , où il n'y eût pas de sel.

Morgiane, qui était prête à servir, ne put s'empêcher de témoigner son mécon-tentement sur ce nouvel ordre , et de s'en expliquer à Ali Baba.

« Qui est donc, dit-elle, cet homme si difficile , qui ne mange pas de sel ? Votre souper ne sera plus bon à manger , si je le sers plus tard. »

« Ne te fâche pas , Morgiane , reprit Ali Baba ; c'est un honnête homme : fais ce que je te dis. »

Morgiane obéit , mais à contre cœur. Elle eut la curiosité de connaître cet homme qui ne mangeait pas de sel. Quand elle eut achevé, et qu'Abdalla eut préparé la table , elle l'aida à porter les plats. En regardant Cogia Houssain , elle le reconnut d'abord pour le capitaine des

voleurs, malgré son déguisement ; et en
l'examinant avec attention, elle aperçut
qu'il y avait un poignard caché sous son
habit.

« Je ne m'étonne plus, dit-elle en elle-
même, que le scélérat ne veuille pas manger de sel avec mon maître : c'est son plus
fier ennemi : il veut l'assassiner ; mais je
l'en empêcherai. »

Quand Morgiane eut achevé de servir,
ou de faire servir par Abdalla, elle prit
le temps pendant que l'on soupait, et fit
les préparatifs nécessaires pour l'exécution d'un coup des plus hardis ; et elle
venait d'achever, lorsqu'Abdalla vint l'a-
vertir qu'il était temps de servir le fruit.
Elle porta le fruit ; et dès qu'Abdalla
eut levé ce qui était sur la table, elle
le servit. Ensuite elle posa près d'Ali Baba
une petite table sur laquelle elle mit le
vin avec trois tasses ; et en sortant elle
emmena Abdalla avec elle, comme pour
aller souper ensemble, et donner à Ali
Baba, selon la coutume, la liberté de
s'entretenir et de se réjouir agréablement
avec son hôte, et de le faire bien boire.

Alors le faux Cogia Houssain, ou plutôt
le capitaine des quarante voleurs, crut
que l'occasion favorable pour ôter la vie
à Ali Baba était venue.

« Je vais, dit-il en lui-même, faire
enivrer le père et le fils ; et le fils, à qui
je veux bien donner la vie, ne m'empê-
chera pas d'enfoncer le poignard dans le
cœur du père ; et je me sauverai par le
jardin, comme je l'ai déjà fait, pendant
que la cuisinière et l'esclave n'auront pas
encore achevé de souper, ou seront endormis dans la cuisine. »

Au lieu de souper, Morgiane, qui
avait pénétré dans l'intention du faux
Cogia Houssain, ne lui donna pas le temps
de venir à l'exécution de sa méchanceté.
Elle s'habilla d'un habit de danseuse fort
propre, prit une coiffure convenable, et
se ceignit d'une ceinture d'argent doré,
où elle attacha un poignard, dont la gaîne
et le manche étaient de même métal ; et
avec cela elle appliqua un fort beau mas-
que sur son visage. Quand elle se fut
déguisée de la sorte, elle dit à Abdalla :

« Abdalla, prends ton tambour de

basque, et allons donner à l'hôte de notre maître et ami de son fils le divertissement que nous lui donnons quelquefois. »

Abdalla prend le tambour de basque; il commence à en jouer en marchant devant Morgiane, et il entre dans la salle. Morgiane, en entrant après lui, fait une profonde révérence d'un air délibéré, et à se faire regarder, comme en demandant la permission de faire voir ce qu'elle savait faire.

Comme Abdalla vit qu'Ali Baba voulait parler, il cessa de toucher le tambour de basque.

« Entre, Morgiane, entre, dit Ali Baba : Cogia Houssain jugera de quoi tu es capable, et il nous dira ce qu'il en pensera. Au moins, Seigneur, dit-il à Cogia Houssain en se tournant de son côté, ne croyez pas que je me mette en dépense pour vous donner ce divertissement. Je le trouve chez moi, et vous voyez que ce sont mon esclave et ma cuisinière, et dépensière en même temps, qui me le donnent. J'espère que vous ne le trouverez pas désagréable. »

Cogia Houssain ne s'attendait pas qu'Ali Baba dût ajouter ce divertissement au souper qu'il lui donnait. Cela lui fit craindre de ne pouvoir pas profiter de l'occasion qu'il croyait avoir trouvée. Au cas que cela arrivât, il se consola par l'espérance de la retrouver en continuant de ménager l'amitié du père et du fils. Ainsi, quoiqu'il eût mieux aimé qu'Ali Baba eût bien voulu ne le lui pas donner, il fit semblant néanmoins de lui en avoir obligation, et il eut la complaisance de lui témoigner que ce qui lui faisait plaisir ne pourrait pas manquer de lui en faire aussi.

Quand Abdalla vit qu'Ali Baba et Cogia Houssain avaient cessé de parler, il recommença à toucher son tambour de basque, et l'accompagna de sa voix sur un air à danser ; et Morgiane, qui ne le cédait à aucune danseuse de profession, dansa d'une manière à se faire admirer, même de toute autre compagnie que celle à laquelle elle donnait ce spectacle, dont il n'y avait peut-être que le faux Cogia Houssain qui y donnât peu d'attention.

Après avoir dansé plusieurs danses
avec le même agrément et de la même
force, elle tira enfin le poignard ; et en
le tenant à la main, elle en dansa une
dans laquelle elle se surpassa par les figures différentes, par les mouvemens lé-
gers, par les sauts surprenans, et par les
efforts merveilleux dont elle les accompagna, tantôt en présentant le poignard
en avant, comme pour frapper, tantôt
en faisant semblant de s'en frapper elle-
même dans le sein.

Comme hors d'haleine enfin, elle arracha le tambour de basque des mains
d'Abdalla de la main gauche, et en tenant
le poignard de la droite, elle alla présenter le tambour de basque par le creux
à Ali Baba, à l'imitation des danseurs et
danseuses de profession, qui en usent
ainsi pour solliciter la libéralité de leurs
spectateurs.

Ali Baba jeta une pièce d'or dans le
tambour de basque de Morgiane. Morgiane s'adressa ensuite au fils d'Ali Baba,
qui suivit l'exemple de son père. Cogia
Houssain, qui vit qu'elle allait venir aussi

à lui, avait déjà tiré la bourse de son sein pour lui faire son présent, et il y mettait la main, dans le moment que Morgiane, avec un courage digne de la fermeté et de la résolution qu'elle avait montrées jusqu'alors, lui enfonça le poignard au milieu du cœur, si avant qu'elle ne le retira qu'après lui avoir ôté la vie.

Ali Baba et son fils, épouvantés de cette action, poussèrent un grand cri :

« Ah, malheureuse ! s'écria Ali Baba, qu'as-tu fait ? Est-ce pour nous perdre, moi et ma famille ? »

« Ce n'est pas vous perdre, répondit Morgiane : je l'ai fait pour votre conservation. »

Alors, en ouvrant la robe de Cogia Houssain, et en montrant à Ali Baba le poignard dont il était armé : « Voyez, dit-elle, à quel fier ennemi vous aviez affaire, et regardez-le bien au visage : vous y reconnaîtrez le faux marchand d'huile et le capitaine des quarante voleurs. Ne considérez-vous pas aussi qu'il n'a pas voulu manger de sel avec vous ? En voulez-vous davantage pour vous per-

suader de son dessein pernicieux ? Avai.
que je l'eusse vu , le soupçon m'en était
venu , du moment que vous m'avez fait
connaître que vous aviez un tel convive.
Je l'ai vu , et vous voyez que mon soupçon n'était pas mal fondé. »

. Ali Baba , qui connut la nouvelle obligation qu'il avait à Morgiane de lui avoir
conservé la vie une seconde fois, l'embrassa.

« Morgiane, dit-il, je t'ai donné la liberté , et alors je t'ai promis que ma reconnaissance n'en demeurerait pas là , et
que bientôt j'y mettrais le comble. Ce
temps est venu, et je te fais ma belle-
fille. »

Et , en s'adressant à son fils : « Mon
fils , ajouta Ali Baba, je vous crois assez
bon fils pour ne pas trouver étrange que
je vous donne Morgiane pour femme sans
vous consulter. Vous ne lui avez pas moins
d'obligation que moi. Vous voyez que Cogia Houssain n'avait recherché votre amitié que dans le dessein de mieux réussir à
m'arracher la vie par sa trahison ; et s'il
y eût réussi, vous ne devez pas douter

qu'ils ne vous eût sacrifié aussi à sa vengeance. Considérez de plus qu'en épousant Morgiane, vous épousez le soutien de ma famille tant que je vivrai, et l'appui de la vôtre jusqu'à la fin de vos jours. »

Le fils, bien loin de témoigner aucun mécontentement, marqua qu'il consentait à ce mariage, non-seulement parce qu'il ne voulait pas désobéir à son père, mais même parce qu'il y était porté par sa propre inclination.

On songea ensuite, dans la maison d'Ali Baba, à enterrer le corps du capitaine auprès de ceux des trente-huit voleurs; et cela se fit si secrètement, qu'on n'en eut connaissance qu'après de longues années, lorsque personne ne se trouvait plus intéressé dans la publication de cette histoire mémorable.

Peu de jours après, Ali Baba célébra les noces de son fils et de Morgiane avec grande solennité, et par un festin somptueux, accompagné de danses, de spectacles et des divertissemens accoutumés; et il eut la satisfaction de voir que ses amis et ses voisins, qu'il avait invités

9. 2 2

sans avoir connaissance des vrais motifs
du mariage, mais qui d'ailleurs n'igno-
raient pas les belles et bonnes qualités de
Morgiane, le louèrent hautement de sa
générosité et de son bon cœur.

Après le mariage, Ali Baba, qui s'é-
tait abstenu de retourner à la grotte depuis qu'il en avait tiré et rapporté le corps
de son frère Cassim, sur un de ses trois
ânes, avec l'or dont il les avait chargés,
par la crainte d'y trouver les voleurs ou
d'y être surpris, s'en abstint encore après
la mort des trente-huit voleurs, en y comprenant leur capitaine, parce qu'il sup-
posa que les deux autres, dont le dessein ne lui était pas connu, étaient encore vivans.

Mais, au bout d'un an, comme il eut
vu qu'il ne s'était fait aucune entreprise
pour l'inquiéter, la curiosité le prit d'y
faire un voyage, en prenant les précautions nécessaires pour sa sûreté. Il monta
à cheval; et, quand il fut arrivé près de
la grotte, il prit un bon augure de ce qu'il
n'aperçut aucun vestige ni d'hommes ni
de chevaux. Il mit pied à terre, il attacha

son cheval ; et, en se présentant devant la porte, il prononça ces paroles : *Sésame, ouvre-toi,* qu'il n'avait pas oubliées. La porte s'ouvrit, il entra ; et l'état où il trouva toutes choses dans la grotte, lui fit juger que personne n'y était entré depuis environ le temps que le faux Cogia Houssain était venu lever boutique dans la ville, et ainsi que la troupe des quarante voleurs était entièrement dissipée et exterminée depuis ce temps-là. Il ne douta plus qu'il ne fût le seul au monde qui eût le secret de faire ouvrir la grotte, et que le trésor qu'elle enfermait était à sa disposition. Il s'était muni d'une valise ; il la remplit d'autant d'or que son cheval en put porter, et il revint à la ville.

Depuis ce temps-là, Ali Baba son fils, qu'il mena à la grotte, et à qui il enseigna le secret pour y entrer, et après eux leur postérité, à laquelle ils firent passer le même secret, en profitant de leur fortune avec modération, vécurent dans une grande splendeur, et honorés des premières dignités de la ville.

Après avoir achevé de raconter cette

histoire au sultan Schahriar, Scheherazade, qui vit qu'il n'était pas encore jour, commença de lui faire le récit de celle que nous allons voir :

HISTOIRE

D'ALI COGIA, MARCHAND DE BAGDAD.

Sous le règne du calife Haroun Alraschid, dit la sultane Scheherazade, il y avait à Bagdad un marchand nommé Ali Cogia, qui n'était ni des plus riches, ni aussi du dernier ordre, lequel demeurait dans sa maison paternelle, sans femme et sans enfans. Dans le temps que, libre de ses actions, il vivait content de ce que son négoce lui produisait, il eut, trois jours de suite, un songe dans lequel un vieillard vénérable lui apparut avec un regard sévère, qui le réprimandait de ce qu'il ne s'était pas encore acquitté du pélerinage de la Mecque.

Ce songe troubla Ali Cogia, et le mit dans un grand embarras. Comme bon musulman, il n'ignorait pas l'obligation où il était de faire ce pélerinage; mais comme il était chargé d'une maison, de meubles et d'une boutique, il avait toujours cru que c'étaient des motifs assez puissans pour s'en dispenser, en tâchant d'y suppléer par des aumônes et par de bonnes œuvres. Mais depuis le songe, sa conscience le pressait si vivement, que la crainte qu'il ne lui arrivât quelque malheur, le fit résoudre de ne pas différer davantage à s'en acquitter.

Pour se mettre en état d'y satisfaire dans l'année qui courait, Ali Cogia commença par la vente de ses meubles; il vendit ensuite sa boutique et la plus grande partie des marchandises dont elle était garnie, en réservant celles qui pouvaient être de débit à la Mecque; et pour ce qui est de la maison, il trouva un locataire à qui il en fit un bail. Les choses ainsi disposées, il se trouva prêt à partir dans le temps que la caravane de Bagdad pour la Mecque se mettrait en chemin. La seule chose qui lui restait à faire, était de mettre en sûreté une somme de mille

pièces d'or qui l'eût embarrassé dans le
pélerinage, après avoir mis à part l'argent
qu'il jugea à propos d'emporter avec lui
pour sa dépense et pour d'autres besoins.

Ali Cogia choisit un vase d'une capacité convenable; il y mit les mille pièces
d'or, et il acheva de le remplir d'olives.
Après avoir bien bouché le vase, il le
porte chez un marchand de ses amis. Il
lui dit : « Mon frère, vous n'ignorez pas
que dans peu de jours je pars comme pé-
lerin de la Mecque avec la caravane ; je
vous demande en grâce de vouloir bien
vous charger d'un vase d'olives que voici,
et de me le conserver jusqu'à mon retour. »

Le marchand lui dit obligeamment :
« Tenez, voilà la clé de mon magasin ;
portez-y vous-même votre vase, et mettez-
le où il vous plaira ; je vous promets que
vous l'y retrouverez. »

Le jour du départ de la caravane de
Bagdad arrivé, Ali Cogia, avec un cha-
meau chargé des marchandises dont il
avait fait choix, et qui leur servit de mon-
ture dans le chemin, s'y joignit ; et il arriva heureusement à la Mecque. Il y vi-

sita, avec tous les autres pélerins, le temple si célèbre et si fréquenté chaque année
par toutes les nations musulmanes qui y
abordent de tous les endroits de la terre
où elles sont répandues, en observant
très - religieusement les cérémonies qui
leur sont prescrites. Quant il se fut acquitté des devoirs de son pélerinage, il
exposa les marchandises qu'il avait appor-
tées pour les vendre ou pour les échanger.

Deux marchands, qui passaient et qui
virent les marchandises d'Ali Cogia, les
trouvèrent si belles, qu'ils s'arrêtèrent
pour les considérer, quoiqu'ils n'en eussent pas besoin. Quand ils eurent satisfait
leur curiosité, l'un dit à l'autre, en se re-
tirant : « Si ce marchand savait le gain
qu'il ferait au Caire sur ses marchandises,
il les y porterait, plutôt que de les vendre
ici, où elles sont à bon marché. »

Ali Cogia entendit ces paroles ; et
comme il avait entendu parler mille fois
des beautés de l'Egypte, il résolut sur-le-
champ de profiter de l'occasion et d'en
faire le voyage. Ainsi, après avoir rem-
paqueté et remballé ses marchandises, au

lieu de retourner à Bagdad, il prit le chemin de l'Egypte, en se joignant à la caravane du Caire. Quand il fut arrivé au
Caire, il n'eut pas lieu de se repentir du
parti qu'il avait pris : il y trouva si bien
son compte, qu'en très-peu de jours il eut
achevé de vendre toutes ses marchandises
avec un avantage beaucoup plus grand
qu'il n'avait espéré. Il en acheta d'autres,
dans le dessein de passer à Damas ; et en
attendant la commodité d'une caravane
qui devait partir dans six semaines, il ne
se contenta pas de voir tout ce qui était
digne de sa curiosité dans le Caire, il alla
aussi admirer les pyramides ; il remonta
le Nil jusqu'à une certaine distance, et il
vit les villes les plus célèbres situées sur
l'un et l'autre bord.

Dans le voyage de Damas, comme le
chemin de la caravane était de passer par
Jérusalem, notre marchand de Bagdad
profita de l'occasion pour visiter le temple,
regardé par tous les musulmans comme le
plus saint après celui de la Mecque, d'où
cette ville prend le titre de Sainte Cité.

Ali Cogia trouva la ville de Damas un

lieu si délicieux par l'abondance de ses eaux, par ses prairies et par ses jardins enchantés, que tout ce qu'il avait lu de ses agrémens dans nos histoires, lui parut beaucoup au-dessous de la vérité, et qu'il y fit un long séjour. Comme néanmoins il n'oubliait pas qu'il était de Bagdad, il en prit enfin le chemin; il arriva à Alep, où il fit encore quelque séjour; et de là, après avoir passé l'Euphrate, il prit le chemin de Moussoul, dans l'intention d'abréger son retour en descendant le Tigre.

Mais quand Ali Cogia fut arrivé à Moussoul, des marchands de Perse avec lesquels il était venu d'Alep, et avec qui il avait contracté une grande amitié, avaient pris un si grand ascendant sur son esprit, par leurs honnêtetés et par leurs entretiens agréables, qu'ils n'eurent pas de peine à lui persuader de ne pas abandonner leur compagnie jusqu'à Schiraz, d'où il lui serait aisé de retourner à Bagdad avec un gain considérable. Ils le menèrent par les villes de Sultanie, de Reï, de Coam, de Cachan, d'Ispahan, et de là à

Schiraz *, d'où il eut encore la complaisance de les accompagner aux Indes, et de revenir à Schiraz avec eux.

De la sorte, en comptant le séjour qu'il avait fait dans chaque ville, il y avait bientôt sept ans qu'Ali Cogia était parti de Bagdad, quand il fut résolu d'en prendre le chemin ; et jusqu'alors l'ami auquel il avait confié le vase d'olives avant son départ, pour le lui garder, n'avait songé ni à lui ni au vase. Dans le temps qu'il était en chemin avec une caravane partie de Schiraz, un soir que ce marchand son ami soupait en famille, on vint à parler d'olives, et sa femme témoigna quelque désir d'en manger, en disant qu'il y avait long-temps qu'on n'en avait vu dans la maison.

« A propos d'olives, dit le mari, vous me faites souvenir qu'Ali Cogia m'en laissa un vase en allant à la Mecque, il y a sept ans, qu'il mit lui-même dans mon magasin, pour le reprendre à son retour.

---

* Villes de Perse.

Mais où est Ali Cogia depuis qu'il est parti? Il est vrai qu'au retour de la caravane, quelqu'un me dit qu'il avait passé en Egypte. Il faut qu'il y soit mort, puisqu'il n'est pas revenu depuis tant d'années : nous pouvons désormais manger les olives, si elles sont bonnes. Qu'on me donne un plat et de la lumière, j'en irai prendre, et nous en goûterons. »

« Mon mari, reprit la femme, gardez-vous bien, au nom de Dieu, de commettre une action si noire ; vous savez que rien n'est plus sacré qu'un dépôt. Il y a sept ans, dites-vous, qu'Ali Cogia est allé à la Mecque, et qu'il n'est pas revenu; mais l'on vous a dit qu'il était allé en Egypte, et d'Egypte, que savez-vous s'il n'est pas allé plus loin ? Il suffit que vous n'ayez pas de nouvelles de sa mort : il peut revenir demain, après-demain. Quelle infamie ne serait-ce pas pour vous et pour votre famille s'il revenait, et que vous ne lui rendissiez pas son vase dans le même état et tel qu'il vous l'a confié! Je vous déclare que je n'ai pas envie de ces olives, et que je n'en mangerai pas. Si j'en ai parlé, je ne l'ai fait que par manière d'entretien. De plus, croyez-vous qu'après tant de temps les olives soient encore bonnes ? Elles sont pouries et gâtées. Et si Ali Cogia revient, comme un pressentiment me le dit, et qu'il s'aperçoive que vous y avez touché, quel jugement fera-t-il de votre amitié et de votre fidélité ? Abandonnez votre dessein, je vous en conjure. »

La femme ne tint un si long discours à son mari, que parce qu'elle lisait son obstination sur son visage. En effet, il n'écouta pas de si bons conseils : il se leva, et il alla à son magasin avec de la lumière et un plat.

« Alors, souvenez-vous au moins, lui dit sa femme, que je ne prends pas de part à ce que vous allez faire, afin que vous ne m'en attribuiez pas la faute, s'il vous arrive de vous en repentir. »

Le marchand eut encore les oreilles fermées, et il persista dans son dessein. Quand il est dans son magasin, il prend le vase, il le découvre, et il voit les olives toutes pouries. Pour s'éclaircir si le dessous était aussi gâté que le dessus, il

en verse dans le plat, et de la secousse
avec laquelle il les versa, quelques pièces d'or y tombèrent avec bruit.

A la vue de ces pièces, le marchand,
naturellement avide et attentif, regarde
dans le vase, et aperçoit qu'il avait
versé presque toutes les olives dans le
plat, et que le reste était tout or en
belle monnaie. Il remet dans le vase ce
qu'il avait versé d'olives; il le recouvre,
et il revient.

« Ma femme, dit-il en rentrant, vous
avez raison : les olives sont pouries, et
j'ai rebouché le vase de manière qu'Ali
Cogia ne s'apercevra pas que j'y ai touché, si jamais il revient. »

« Vous eussiez mieux fait de me croire,
reprit la femme, et de n'y pas toucher.
Dieu veuille qu'il n'en arrive aucun mal! »

Le marchand fut aussi peu touché de
ces dernières paroles de sa femme, que
de la remontrance qu'elle lui avait faite.
Il passa la nuit presque entière à songer
au moyen de s'approprier l'or d'Ali Cogia, et à faire en sorte qu'il lui demeurât,
au cas qu'il revînt et qu'il lui demandât

le vase. Le lendemain de grand matin ,
il va acheter des olives de l'année ; il revient, il jette les vieilles du vase d'Ali
Cogia; il en prend l'or , il le met en sûreté, et après l'avoir rempli des olives
qu'il venait d'acheter, il le recouvre du
même couvercle , et il le remet à la même
place où Ali Cogia l'avait mis.

Environ un mois après que le marchand
eut commis une action si lâche , et qui
devait lui coûter cher, Ali Cogia arriva
à Bagdad de son long voyage. Comme il
avait loué sa maison avant son départ, il
mit pied à terre dans un khan, où il prit
un logement, en attendant qu'il eût si-
gnifié son arrivée à son locataire, et que
le locataire se fût pourvu ailleurs d'un
logement.

Le lendemain, Ali Cogia alla trouver
le marchand son ami , qui le reçut en
l'embrassant , et en lui témoignant la
joie qu'il avait de son retour, après une
absence de tant d'années , qui, disait-il,
avait commencé de lui faire perdre l'espérance de jamais le revoir.

Après les complimens de part et d'autre

accoutumés dans une semblable rencontre, Ali Cogia pria le marchand de vouloir bien lui rendre le vase d'olives qu'il avait confié à sa garde, et de l'excuser de la liberté qu'il avait prise de l'en embarrasser.

« Ali Cogia, mon cher ami, reprit le marchand, vous avez tort de me faire des excuses ; je n'ai été nullement embarrassé de votre vase, et dans une pareille occasion, j'en eusse usé avec vous de la même manière que vous en avez usé avec moi. Tenez, voilà la clef de mon magasin : allez le prendre ; vous le trouverez à la même place où vous l'avez mis. »

Ali Cogia alla au magasin du marchand ; il en apporte son vase, et après lui avoir rendu la clef, l'avoir bien remercié du plaisir qu'il en avait reçu, il retourne au khan où il avait pris logement. Il découvre le vase ; et en y mettant la main à la hauteur où les mille pièces d'or qu'il y avait cachées devaient être, il est dans une grande surprise de ne les y pas trouver. Il crut se tromper ; et pour se tirer hors de peine prompte-

ment, il prend une partie des plats et
autres vases de sa cuisine de voyage, et
il verse tout le vase d'olives sans y trouver une seule pièce d'or. Il demeura immobile d'étonnement ; et en élevant les
mains et les yeux au ciel : « Est-il possible , s'écria-t-il , qu'un homme que je
regardais comme mon bon ami, m'ait
fait une infidélité si insigne ! »

Ali Cogia , sensiblement alarmé par la
crainte d'avoir fait une perte si considérable , revient chez le marchand.

« Mon ami , lui dit-il , ne soyez pas
surpris de ce que je reviens sur mes pas :
j'avoue que j'ai reconnu le vase d'olives,
que j'ai repris dans votre magasin, pour
celui que j'y avais mis ; mais avec les olives , j'y avais mis mille pièce d'or que je
n'y trouve pas. Peut-être en avez-vous eu
besoin , et vous en êtes-vous servi pour
votre négoce : si cela est, elles sont à
votre service. Je vous prie seulement de
me tirer hors de peine , et de m'en donner
une reconnaissance, après quoi vous me
les rendrez à votre commodité. »

Le marchand, qui s'était attendu qu'Ali

Cogia viendrait lui faire ce compliment; avait médité aussi ce qu'il devait lui répondre.

« Ali Cogia, mon ami, dit-il, quand vous m'avez apporté votre vase d'olives, y ai-je touché? Ne vous ai-je pas donné la clef de mon magasin? Ne l'y avez-vous pas porté vous-même? et ne l'avez-vous pas retrouvé à la même place où vous l'aviez mis, dans le même état, et couvert de même? Si vous y aviez mis de l'or, vous devez l'y avoir trouvé. Vous m'avez dit qu'il y avait des olives, je l'ai cru. Voilà tout ce que j'en sais. Vous m'en croirez si vous voulez; mais je n'y ai pas touché. »

Ali Cogia prit toutes les voies de la douceur pour faire en sorte que le marchand se rendît justice à lui-même.

« Je n'aime, dit-il, que la paix, et je serais fâché d'en venir à des extrémités qui ne vous feraient pas honneur dans le monde, et dont je ne me servirais qu'avec un regret extrême. Songez que des marchands comme nous doivent abandonner tout intérêt pour conserver leur bonne réputation. Encore une fois , je serais au désespoir si votre opiniâtreté m'obligeait de prendre les voies de la justice , moi qui ai toujours mieux aimé perdre quelque chose de mon droit , que d'y recourir. »

« Ali Cogia , reprit le marchand , vous convenez que vous avez mis chez moi un vase d'olives en dépôt; vous l'avez repris, vous l'avez emporté , et vous venez me demander mille pièces d'or! M'avez-vous dit qu'elles fussent dans le vase ? J'ignore même qu'il y ait des olives; vous ne me les avez pas montrées. Je m'étonne que vous ne me demandiez des perles ou des diamans plutôt que de l'or. Croyez-moi, retirez-vous ; et ne faites pas assembler le monde devant ma boutique. »

Quelques-uns s'y étaient déjà arrêtés ; et ces dernières paroles du marchand , prononcées du ton d'un homme qui sortait hors des bornes de la modération , firent que non-seulement il s'y en arrêta un plus grand nombre ; mais même que les marchands voisins sortirent de leurs boutiques , et vinrent pour prendre connaissance de la dispute qui était entre lui et Ali Cogia, et tâcher de les mettre d'accord. Quand Ali Cogia leur eut exposé le sujet, les plus apparens demandèrent au marchand ce qu'il avait à répondre.

Le marchand avoua qu'il avait gardé le vase d'Ali Cogia dans son magasin; mais il nia qu'il y eût touché, et il fit serment qu'il ne savait qu'il y eût des olives, que parce qu'Ali Cogia le lui avait dit, et qu'il les prenait tous à témoins de l'affront et de l'insulte qu'il venait lui faire jusque chez lui.

« Vous vous l'attirez vous-même l'affront, dit alors Ali Cogia en prenant le marchand par le bras; mais puisque vous en usez si méchamment, je vous cite à la loi de Dieu : voyons si vous aurez le front de dire la même chose devant le cadi. »

A cette sommation, à laquelle tout bon musulman doit obéir, à moins de se rendre rebelle à la religion, le marchand n'eut pas la hardiesse de faire résistance.

« Allons, dit-il; c'est ce que je vous demande : nous verrons qui a tort de vous ou de moi. »

Ali Cogia amena le marchand devant le tribunal du cadi, où il l'accusa de lui avoir volé un dépôt de mille pièces d'or, en exposant le fait de la manière que nous venons de voir. Le cadi lui demanda s'il avait des témoins. Il répondit que c'était une précaution qu'il n'avait pas prise, parce qu'il avait cru que celui à qui il confiait son dépôt était son ami, et que jusqu'alors il l'avait reconnu pour un honnête homme.

Le marchand ne dit autre chose pour sa défense que ce qu'il avait déjà dit à Ali Cogia, et en présence de ses voisins; et il acheva en disant qu'il était prêt à affirmer, par serment, non-seulement qu'il était faux qu'il eût pris les mille pièces d'or, comme on l'en accusait, mais même qu'il n'en avait aucune connaissance. Le cadi exigea de lui le serment; après quoi il le renvoya absous.

Ali Cogia, extrêmement mortifié de se voir condamné à une perte si considérable, protesta contre le jugement, en déclarant au cadi qu'il en porterait sa plainte au calife Haroun Alraschid, qui lui ferait

justice : mais le cadi ne s'étonna point
de la protestation ; il la regarda comme
l'effet du ressentiment ordinaire à tous
ceux qui perdent leur procès, et il crut
avoir fait son devoir en renvoyant absous
un accusé contre lequel on ne lui avait
pas produit de témoins.

Pendant que le marchand retournait
chez lui en triomphant d'Ali Cogia, avec
la joie d'avoir ses mille pièces d'or à si
bon marché, Ali Cogia alla dresser un
placet; et dès le lendemain, après avoir
pris le temps que le calife devait retourner de la mosquée après la prière du
midi, il se mit dans une rue sur le chemin, et dans le temps qu'il passait, il
éleva le bras en tenant le placet à la main;
et un officier chargé de cette fonction,
qui marchait devant le calife, et qui se
détacha de son rang, vint le prendre
pour le lui donner.

Comme Ali Cogia savait que la coutume du calife Haroun Alraschid, en rentrant dans son palais, était de lire lui-
même les placets qu'on lui présentait de
la sorte, il suivit la marche, entra dans le

palais, et attendit que l'officier qui avait pris le placet sortît de l'appartement du calife. En sortant, l'officier lui dit que le calife avait lu son placet, lui marqua l'heure à laquelle il lui donnerait audience le lendemain ; et après avoir appris de lui la demeure du marchand, il envoya lui signifier de se trouver aussi le lendemain à la même heure.

Le soir du même jour, le calife avec le grand-visir Giafar, et Mesrour, le chef des eunuques, l'un et l'autre déguisés comme lui, alla faire sa tournée dans la ville, comme j'ai déjà fait remarquer à Votre Majesté qu'il avait coutume de le faire de temps en temps.

En passant par une rue, le calife entendit du bruit ; il pressa le pas, et il arriva à une porte qui donnait entrée dans une cour où dix ou douze enfans, qui n'étaient pas encore retirés, jouaient au clair de la lune ; de quoi il s'aperçut en regardant par une fente.

Le calife, curieux de savoir à quel jeu ces enfans jouaient, s'assit sur un banc de pierre qui se trouva à propos à côté de la porte ; et comme il continuait à regarder par la fente , il entendit qu'un des enfans , le plus vif et le plus éveillé de tous , dit aux autres : « Jouons au cadi. Je suis le cadi : amenez-moi Ali Cogia et le marchand qui lui a volé mille pièces d'or. »

A ces paroles de l'enfant , le calife se souvint du placet qui lui avait été présenté le même jour , et qu'il avait lu ; et cela lui fit redoubler son attention , pour voir quel serait le succès du jugement.

Comme l'affaire d'Ali Cogia et du marchand était nouvelle, et qu'elle faisait grand bruit dans la ville de Bagdad jusque parmi les enfans, les autres enfans acceptèrent la proposition avec joie, et convinrent du personnage que chacun devait jouer. Personne ne refusa à celui qui s'était offert de faire le cadi, d'en représenter le rôle. Quand il eut pris séance avec le semblant et la gravité d'un cadi, un autre, comme officier compétent du tribunal, lui en présenta deux, dont il appela l'un Ali Cogia , et l'autre le marchand contre qui Ali Cogia portait sa plainte.

Alors le feint cadi prit la parole; et en interrogeant gravement le feint Ali Cogia :

« Ali Cogia, dit-il, que demandez-vous au marchand que voilà ? »

Le feint Ali Cogia, après une profonde révérence, informa le feint cadi du fait de point en point; et en achevant, il conclut, en le suppliant, à ce qu'il lui plût interposer l'autorité de son jugement, pour empêcher qu'il ne fît une perte aussi considérable.

Le feint cadi, après avoir écouté le feint Ali Cogia, se tourna du côté du feint marchand, et lui demanda pourquoi il ne rendait pas à Ali Cogia la somme qu'il lui demandait.

Le feint marchand apporta les mêmes raisons que le véritable avait alléguées devant le cadi de Bagdad, et il demanda de même à affirmer par serment que ce qu'il disait était la vérité.

N'allons pas si vite, reprit le feint cadi : avant que nous en venions à votre serment, je suis bien aise de voir le vase

d'olives. Ali Cogia, ajouta-t-il, en s'a-
dressant au feint marchand de ce nom,
avez-vous apporté le vase ? »

Comme il eut répondu qu'il ne l'avait
pas apporté : « Allez le prendre, reprit-
il, et apportez-le-moi. »

Le feint Ali Cogia disparaît pour un
moment ; et en revenant, il feint de poser
un vase devant le feint cadi, en disant que
c'était le même vase qu'il avait mis chez
l'accusé, et qu'il avait retiré de chez lui.
Pour ne rien omettre de la formalité, le
feint cadi demanda au feint marchand
s'il le reconnaissait aussi pour le même
vase. Et comme le feint marchand eut témoigné par son silence qu'il ne pouvait
le nier, il commanda qu'on le découvrît.
Le feint Ali Cogia fit semblant d'ôter le
couvercle, et le feint cadi en faisant semblant de regarder dans le vase : « Voilà de
belles olives, dit-il, que j'en goûte. »

Il fit semblant d'en prendre une et d'en
goûter, et il ajouta : « Elles sont excel-
lentes.

« Mais, continua le feint cadi, il me
semble que les olives gardées pendant sept

ans ne devraient pas être si bonnes. Qu'on fasse venir des marchands d'olives, et qu'ils voient ce qui en est. »

Deux enfans lui furent présentés en qualité de marchands d'olives.

« Etes-vous marchands d'olives ? leur demanda le feint cadi. »

Comme ils eurent répondu que c'était leur profession :

« Dites-moi, reprit-il, savez-vous combien de temps des olives accommodées par des gens qui s'y entendent, peuvent se conserver bonnes à manger ?

« Seigneur, répondirent les feints marchands, quelque peine que l'on prenne pour les garder, elles ne valent plus rien la troisième année ; elles n'ont plus ni saveur, ni couleur ; elles ne sont bonnes qu'à jeter. »

« Si cela est, reprit le feint cadi, voyez le vase que voilà, et dites-moi combien il y a de temps qu'on y a mis les olives qui y sont. »

Les marchands feints firent semblant d'examiner les olives et d'en goûter, et

témoignèrent au cadi qu'elles étaient ré-
centes et bonnes.

« Vous vous trompez, reprit le feint
cadi, voilà Ali Cogia qui dit qu'il les a
mises dans le vase il y a sept ans. »

« Seigneur, repartirent les feints marchands appelés comme experts; ce que
nous pouvons assurer, c'est que les olives
sont de cette année; et nous maintenons
que de tous les marchands de Bagdad, il
n'y en a pas un seul qui ne rende le même
témoignage que nous. »

Le feint marchand, accusé par le feint
Ali Cogia, voulut ouvrir la bouche contre
le témoignage des marchands experts; mais
le feint cadi ne lui en donna pas le temps.

« Tais-toi, dit-il, tu es un voleur.
Qu'on le pende. »

De la sorte, les enfans mirent fin à leur
jeu avec une grande joie, en frappant des
mains, et en se jetant sur le feint criminel,
comme pour le mener pendre.

On ne peut exprimer combien le calife
Haroun Alraschid admira la sagesse et
l'esprit de l'enfant qui venait de rendre
un jugement si sage sur l'affaire qui de-

vait être plaidée devant lui le lendemain. En cessant de regarder par la fente, et en se levant, il demanda à son grand-visir, qui avait été attentif aussi à ce qui venait de se passer, s'il avait entendu le jugement que l'enfant venait de rendre, et ce qu'il en pensait.

« Commandeur des croyans, répondit le grand-visir Giafar, on ne peut être plus surpris que je le suis d'une si grande sagesse, dans un âge aussi peu avancé. »

« Mais, reprit le calife, sais-tu une chose, qui est que j'ai à prononcer demain sur la même affaire, et que le véritable Ali Cogia m'en a présenté le placet aujourd'hui ? »

« Je l'apprends de Votre Majesté, répond le grand-visir. »

Crois-tu, reprit encore le calife, que je puisse en rendre un autre jugement que celui que nous venons d'entendre?

« Si l'affaire est la même, repartit le grand-visir, il ne me paraît pas que Votre Majesté puisse y procéder d'une autre manière, ni prononcer autrement. »

« Remarque donc bien cette maison,

lui dit le calife, et amène-moi demain l'enfant, afin qu'il juge la même affaire en ma présence. Mande aussi au cadi qui a renvoyé absous le marchand voleur de s'y trouver, afin qu'il apprenne son devoir de l'exemple d'un enfant, et qu'il se corrige. Je veux aussi que tu prennes le soin de faire avertir Ali Cogia d'apporter son vase d'olives, et que deux marchands d'olives se trouvent à mon audience. »

Le calife lui donna cet ordre en continuant sa tournée, qu'il acheva sans rencontrer autre chose qui méritât son attention.

Le lendemain le grand-visir Giafar vint à la maison où le calife avait été témoin du jeu des enfans, et il demanda à parler au maître. Au défaut du maître, qui était sorti, on le fit parler à la maîtresse. Il lui demanda si elle avait des enfans. Elle répondit qu'elle en avait trois, et elle les fit venir devant lui.

« Mes enfans, leur demanda le grand-visir, qui de vous faisait le cadi hier au soir que vous jouiez ensemble ? »

Le plus grand, qui était l'aîné, répondit que c'était lui; et comme il ignorait pourquoi il lui faisait cette demande, il changea de couleur.

« Mon fils, lui dit le grand-visir, venez avec moi, le commandeur des croyans veut vous voir. »

La mère fut dans une grande alarme, quand elle vit que le grand-visir voulait emmener son fils. Elle lui demanda : « Seigneur, est-ce pour enlever mon fils que le commandeur des croyans le demande?»

Le grand-visir la rassura, en lui promettant que son fils lui serait renvoyé en moins d'une heure, et qu'elle apprendrait à son retour le sujet pourquoi il était appelé, dont elle serait contente.

« Si cela est ainsi, Seigneur, reprit la mère, permettez-moi qu'auparavant je lui fasse prendre un habit plus propre, et qui le rende plus digne de paraître devant le commandeur des croyans. » Et elle le lui fit prendre sans perdre de temps.

Le grand-visir emmena l'enfant, et il le présenta au calife à l'heure qu'il avait donnée à Ali Cogia et au marchand pour les entendre.

Le calife, qui vit l'enfant un peu interdit, et qui voulut le préparer à ce qu'il attendait de lui :

« Venez, mon fils, dit-il, approchez. Est-ce vous qui jugiez hier l'affaire d'Ali Cogia et du marchand qui lui a volé son or ? Je vous ai vu, et je vous ai entendu ; je suis bien content de vous. »

L'enfant ne se déconcerta pas ; il répondit modestement que c'était lui.

« Mon fils, reprit le calife, je veux vous faire voir aujourd'hui le véritable Ali Cogia et le véritable marchand. Venez vous asseoir près de moi. »

Alors le calife prit l'enfant par la main, monta et s'assit sur son trône ; et quand il l'eut fait asseoir près de lui, il demanda où étaient les parties. On les fit avancer, et on les lui nomma pendant qu'ils se prosternaient et qu'ils frappaient de leur front le tapis qui couvrait le trône. Quand ils se furent relevés, le calife leur dit :

« Plaidez chacun votre cause : l'enfant que voici vous écoutera, et vous fera jus-

tice ; et s'il manque en quelque chose ;
j'y suppléerai. »

Ali Cogia et le marchand parlèrent
l'un après l'autre ; et quand le marchand
vint à demander à faire le même serment
qu'il avait fait dans son premier jugement, l'enfant dit qu'il n'était pas encore
temps, et qu'auparavant il était à propos
de voir le vase d'olives.

A ces paroles, Ali Cogia présenta le
vase, le posa aux pieds du calife, et le
découvrit. Le calife regarda les olives,
et il en prit une dont il goûta. Le vase
fut donné à examiner aux marchands experts qui avaient été appelés ; et leur rapport fut que les olives étaient bonnes,
et de l'année. L'enfant leur dit qu'Ali
Cogia assurait qu'elles y avaient été mises
il y avait sept ans ; à quoi ils firent la
même réponse que les enfans feints marchands experts, comme nous l'avons vu.

Ici, quoique le marchand accusé vit
bien que les deux marchands experts venaient de prononcer sa condamnation,
il ne laissa pas néanmoins de vouloir al-
léguer quelque chose pour se justifier ;

mais l'enfant se garda bien de l'envoyer pendre ; il regarda le calife :

« Commandeur des croyans, dit-il, ceci n'est pas un jeu : c'est à Votre Majesté de condamner à mort sérieusement, et non pas à moi, qui ne le fis hier que pour rire. »

Le calife, instruit pleinement de la mauvaise foi du marchand, l'abandonna aux ministres de la justice pour le faire pendre ; ce qui fut exécuté, après qu'il eut déclaré où il avait caché les mille pièces d'or, qui furent rendues à Ali Cogia. Ce monarque enfin, plein de justice et d'équité, après avoir averti le cadi qui avait rendu le premier jugement, lequel était présent, d'apprendre d'un enfant à être plus exact dans sa fonction, embrassa l'enfant, et le renvoya avec une bourse de cent pièces d'or, qu'il lui fit donner pour marque de sa libéralité.

———

HISTOIRE

DU CHEVAL ENCHANTÉ.

SCHEHERAZADE, en continuant de raconter au sultan des Indes ses histoires si agréables, et auxquelles il prenait un si grand plaisir, l'entretint de celle du cheval enchanté.

Sire, dit-elle, comme Votre Majesté ne l'ignore pas, le Nevroux, c'est-à-dire le nouveau jour, qui est le premier de l'année et du printemps, ainsi nommé par excellence, est une fête si solennelle et si ancienne dans toute l'étendue de la Perse, dès les premiers temps même de l'idolâtrie, que la religion de notre prophète, toute pure qu'elle est, et que nous tenons pour la véritable, en s'y introduisant, n'a pu, jusqu'à nos jours, venir à bout de l'abolir, quoique l'on puisse dire qu'elle est toute païenne, et que les cérémonies qu'on y observe sont superstitieuses. Sans parler des grandes villes, il n'y en a ni petite, ni bourg, ni village, ni hameau, où elle ne soit célébrée avec des réjouissances extraordinaires.

Mais les réjouissances qui se font à la Cour les surpassent toutes infiniment par la variété des spectacles surprenans et nouveaux, et les étrangers des États voisins, et même des plus éloignés, attirés par les récompenses et par la libéralité des Rois envers ceux qui excellent par leurs inventions et par leur industrie; de manière qu'on ne voit rien dans les autres parties du monde qui approche de cette magnificence.

Dans une de ces fêtes, après que les plus habiles et les plus ingénieux du pays, avec les étrangers qui s'étaient rendus à Schiraz, où la Cour était alors, eurent donné au Roi et à toute sa Cour le divertissement de leurs spectacles, et que le Roi leur eut fait ses largesses, à chacun selon ce qu'il avait mérité, et ce qu'il avait fait paraître de plus extraordinaire, de plus merveilleux et de plus satisfaisant, ménagées avec une telle égalité, qu'il n'y en avait pas un qui ne s'estimât dignement récompensé : dans le temps qu'il se préparait à se retirer et à congédier la grande assemblée, un Indien parut au pied de son trône, en faisant avancer un cheval sellé, bridé et richement harnaché, représenté avec tant d'art, qu'à le voir on l'eût pris d'abord pour un véritable cheval.

L'Indien se prosterna devant le trône ; et quand il se fut relevé, en montrant le cheval au Roi :

« Sire, dit-il, quoique je me présente le dernier devant Votre Majesté pour entrer en lice, je puis l'assurer néanmoins que dans ce jour de fête elle n'a rien vu d'aussi merveilleux et d'aussi surprenant que le cheval sur lequel je la supplie de jeter les yeux. »

« Je ne vois dans ce cheval, lui dit le Roi, autre chose que l'art et l'industrie de l'ouvrier à lui donner la ressemblance du naturel, qui lui a été possible. Mais un autre ouvrier pourrait en faire un semblable, qui le surpasserait même en perfection. »

« Sire, reprit l'Indien, ce n'est pas aussi par sa construction, ni par ce qu'il paraît à l'extérieur, que j'ai dessein de faire regarder mon cheval par Votre Majesté comme une merveille ; c'est par l'usage que j'en sais faire, et que tout homme comme moi peut en faire, par le secret que je puis lui communiquer. Quand je le monte, en quelqu'endroit de la terre, si éloigné qu'il puisse être, que je veuille me transporter par la région de l'air, je puis l'exécuter en très-peu de temps. En peu de mots, Sire, voilà en quoi consiste la merveille de mon cheval : merveille dont personne n'a jamais entendu parler, et dont je m'offre de faire voir l'expérience à Votre Majesté, si elle me le commande. »

Le roi de Perse, qui était curieux de tout ce qui tenait du merveilleux, et qui, après tant de choses de cette nature qu'il avait vues, et qu'il avait cherché et désiré de voir, n'avait rien vu qui en approchât, ni entendu dire qu'on eût vu rien de semblable, dit à l'Indien qu'il n'y avait que l'expérience qu'il venait de lui proposer qui pouvait le convaincre de la

prééminence de son cheval, et qu'il était
prêt à en voir la vérité.

L'Indien mit aussitôt le pied dans l'é-
trier, se jeta sur le cheval avec une grande
légèreté ; et quand il eut mis le pied dans
l'autre étrier, et qu'il se fut bien assuré
sur la selle, il demanda au roi de Perse
où il lui plaisait de l'envoyer.

Environ à trois lieues de Schiraz, il y
avait une haute montagne qu'on décou-
vrait en plein de la grande place où le roi
de Perse était devant son palais, remplie
de tout le peuple qui s'y était rendu.
« Vois-tu cette montagne? dit le Roi en
la montrant à l'Indien ; c'est où je souhaite
que tu ailles : la distance n'est pas longue ;
mais elle suffit pour faire juger de la diligence que tu feras pour aller et pour revenir. Et parce qu'il n'est pas possible de
te conduire des yeux jusque-là, pour marque certaine que tu y seras allé, j'entends
que tu m'apportes une palme d'un palmier
qui est au pied de la montagne.

A peine le roi de Perse eut achevé de
déclarer sa volonté par ces paroles, que

l'Indien ne fit que tourner une cheville, qui s'élevait un peu au défaut du cou du cheval, en approchant du pommeau de la selle. Dans l'instant le cheval s'éleva de terre, et enleva le cavalier en l'air comme un éclair, si haut, qu'en peu de momens ceux qui avaient les yeux les plus perçans, le perdirent de vue ; et cela se fit avec une grande admiration du Roi et de ses courtisans, et de grands cris d'étonnement de la part de tous les spectateurs assemblés.

Il n'y avait presque pas un quart d'heure que l'Indien était parti, quand on l'aperçut au haut de l'air, qui revenait la palme à la main. On le vit enfin arriver au-dessus de la place, où il fit plusieurs caracoles, aux acclamations de joie du peuple qui lui applaudissait, jusqu'à ce qu'il vînt se poser devant le trône du Roi, à la même place d'où il était parti, sans aucune secousse du cheval qui pût l'incommoder. Il mit pied à terre ; et en s'approchant du trône, il se prosterna, et il posa la palme aux pieds du Roi.

Le roi de Perse, qui fut témoin, avec

non moins d'admiration que d'étonnement, du spectacle inouï que l'Indien venait de lui donner, conçut en même-temps
une forte envie de posséder le cheval. Et
comme il se persuadait qu'il ne trouverait pas de difficultés à en traiter avec
l'Indien, résolu, quelque somme qu'il lui
en demandât, à la lui accorder, il le re-
gardait déjà comme la pièce la plus pré-
cieuse de son trésor, qu'il comptait en
enrichir.

« A juger de ton cheval par son apparence extérieure, dit-il à l'Indien, je ne
comprenais pas qu'il dût être considéré
autant que tu viens de me faire voir qu'il
le mérite. Je t'ai obligation de m'avoir
désabusé ; et pour te marquer combien
j'en fais d'estime, je suis prêt à l'acheter,
s'il est à vendre. »

Sire, reprit l'Indien, je n'ai pas douté
que Votre Majesté, qui passe entre tous
les Rois qui règnent aujourd'hui sur la
terre pour celui qui sait juger le mieux
de toutes choses, et les estimer selon leur
juste valeur, rendrait à mon cheval la justice qu'elle lui rend, dès que je lui aurais

fait connaître par où il était digne de son attention. J'avais même prévu qu'elle ne se contenterait pas de l'admirer et de le louer; mais même qu'elle désirerait d'abord d'en être possesseur , comme elle vient de me le témoigner. De mon côté, Sire , quoique j'en connaisse le prix , autant qu'on peut le connaître , et que sa possession me donne un relief pour rendre mon nom immortel dans le monde, je n'y ai pas néanmoins une attache si forte , que je ne veuille bien m'en priver pour satisfaire la noble passion de Votre Majesté. Mais en lui faisant cette déclaration, j'en ai une autre à lui faire touchant la condition sans laquelle je ne puis me résoudre à le laisser passer en d'autres mains, qu'elle ne prendra peut-être pas en bonne part. Votre Majesté aura donc pour agréable, continua l'Indien, que je lui marque que je n'ai pas acheté ce cheval : je ne l'ai obtenu de l'inventeur et du fabricateur, qu'en lui donnant en mariage ma fille unique qu'il me demanda ; et en même-temps il exigea de moi que je ne le vendrais pas , et que si j'avais à lui donner un autre possesseur, ce serait par un échange tel que je le jugerais à propos. »

L'Indien voulait poursuivre ; mais au mot d'échange, le roi de Perse l'interrompit :

« Je suis prêt, repartit-il, à t'accorder tel échange que tu me demanderas. Tu sais que mon royaume est grand, qu'il est rempli de grandes villes puissantes, riches et peuplées. Je laisse à ton choix celle qu'il te plaira de choisir en pleine puissance et souveraineté pour le reste de tes jours. »

Cet échange parut véritablement royal à toute la Cour de Perse ; mais il était fort au-dessous de ce que l'Indien s'était proposé. Il avait porté ses vues à quelque chose de beaucoup plus élevé. Il répondit au Roi :

« Sire, je suis infiniment obligé à Votre Majesté de l'offre qu'elle me fait, et je ne puis assez la remercier de sa générosité. Je la supplie néanmoins de ne pas s'offenser si je prends la hardiesse de lui témoigner que je ne puis mettre mon cheval en sa possession, qu'en recevant de

sa main la princesse sa fille pour épouse.
Je suis résolu de n'en perdre la propriété
qu'à ce prix. »

Les courtisans qui environnaient le roi
de Perse, ne purent s'empêcher de faire
un grand éclat de rire à la demande extravagante de l'Indien. Mais le prince Firouz
Schah, fils aîné du Roi, et héritier pré-
somptif du royaume, ne l'entendit qu'a-
vec indignation. Le Roi pensa tout autrement, et il crut qu'il pouvait sacrifier
la princesse de Perse à l'Indien pour satisfaire sa curiosité. Il balança néanmoins,
avant de se déterminer à prendre ce parti.

Le prince Firouz Schah, qui vit que
le Roi son père hésitait sur la réponse
qu'il devait faire à l'Indien, craignit qu'il
ne lui accordât ce qu'il demandait :
chose qu'il eût regardée comme également
ment injurieuse à la dignité royale, à la
princesse sa sœur, et à sa propre personne. Il prit donc la parole, et en le
prévenant :

« Sire, dit-il, que Votre Majesté me
pardonne, si j'ose lui demander s'il est
possible qu'elle balance un moment sur

le refus qu'elle doit faire à la demande insolente d'un homme de rien et d'un bateleur infâme, et qu'elle lui donne lieu de se flatter un moment qu'il va entrer dans l'alliance d'un des plus puissans monarques de la terre. Je la supplie de considérer ce qu'elle se doit non-seulement à elle-même, mais même à son sang et à la haute noblesse de ses aïeux. »

« Mon fils, reprit le roi de Perse, je prends votre remontrance en bonne part, et je vous sais bon gré du zèle que vous témoignez pour conserver l'éclat de votre naissance dans le même état que vous l'avez reçu ; mais vous ne considérez pas assez l'excellence de ce cheval, ni que l'Indien qui me propose cette voie pour l'acquérir, peut, si je le rebute, aller faire la même proposition ailleurs, où l'on passera par-dessus le point d'honneur, et que je serais au désespoir si un autre monarque pouvait se vanter de m'avoir surpassé en générosité, et de m'avoir privé de la gloire de posséder le cheval, que j'estime la chose la plus singulière et la plus digne d'admiration qu'il

y ait au monde. Je ne veux pas dire néanmoins que je consente à lui accorder ce
qu'il demande. Peut-être n'est-il pas bien
d'accord avec lui-même sur l'exorbitance
de sa prétention ; et, la princesse ma fille
à part, je ferai telle autre convention
qu'il voudra. Mais avant que je vienne à
la dernière discussion du marché, je suis
bien aise que vous examiniez le cheval,
et que vous en fassiez l'essai vous-même,
afin que vous m'en disiez votre sentiment.
Je ne doute pas qu'il ne veuille bien le
permettre. »

Comme il est naturel de se flatter dans
ce que l'on souhaite, l'Indien, qui crut
entrevoir, dans le discours qu'il venait
d'entendre, que le roi de Perse n'était
pas absolument éloigné de le recevoir
dans son alliance, en acceptant le cheval
à ce prix, et que le prince, au lieu de
lui être contraire, comme il venait de le
faire paraître, pourrait lui devenir favorable, loin de s'opposer au désir du Roi,
en témoigna de la joie ; et pour marque
qu'il y consentait avec plaisir, il prévient

le prince en s'approchant du cheval, prêt à l'aider à le monter, et l'avertit ensuite de ce qu'il fallait qu'il fît pour le bien gouverner.

Le prince Firouz Schah, avec une adresse merveilleuse, monta le cheval sans le secours de l'Indien ; et il n'eut pas plutôt le pied assuré dans l'un et l'autre étriers, que, sans attendre aucun avis de l'Indien, il tourna la cheville qu'il lui avait vu tourner peu de temps auparavant lorsqu'il l'avait monté. Du moment qu'il l'eut retournée, le cheval l'enleva avec la vitesse d'une flèche tirée par l'archer le plus fort et le plus adroit ; et de la sorte, en peu de momens, le Roi, toute la Cour et toute la nombreuse assemblée le perdirent de vue.

Le cheval ni le prince Firouz Schah ne paraissaient plus dans l'air, et le roi de Perse faisait des efforts inutiles pour l'apercevoir, quand l'Indien, alarmé de ce qui venait d'arriver, se prosterna devant le trône, et obligea le Roi de jeter les yeux sur lui, et de faire attention au discours qu'il lui tint en ces termes :

« Sire, dit-il, Votre Majesté elle-même a vu que le prince ne m'a pas permis, par sa promptitude, de lui donner l'instruction nécessaire pour gouverner mon cheval. Sur ce qu'il m'a vu faire, il a voulu marquer qu'il n'avait pas besoin de mon avis pour partir et s'élever en l'air ; mais il ignore l'avis que j'avais à lui donner pour faire détourner le cheval en arrière, et pour le faire revenir au lieu d'où il est parti. Ainsi, Sire, la grâce que je demande à Votre Majesté, c'est de ne me pas rendre garant de ce qui pourra arriver de sa personne. Elle est trop équitable pour m'imputer le malheur qui peut en arriver. »

Le discours de l'Indien affligea fort le roi de Perse, qui comprit que le danger où était le prince son fils était inévitable, s'il était vrai, comme l'Indien le disait, qu'il y eût un secret pour faire revenir le cheval, différent de celui qui le faisait partir et élever en l'air. Il lui demanda pourquoi il ne l'avait pas rappelé dans le moment qu'il l'avait vu partir.

« Sire, répondit l'Indien, Votre Ma-

jesté elle-même a été témoin de la rapidité avec laquelle le cheval et le prince
ont été élevés : la surprise où j'en ai été ,
et où j'en suis encore , ma d'abord ôté la
parole , et quand j'ai été en état de m'en
servir , il était déjà si éloigné , qu'il n'eût
pas entendu ma voix, et quand il l'eût
entendue , il n'eût pu gouverner le cheval
pour le faire revenir, puisqu'il n'en savait
pas le secret , et qu'il ne s'est pas donné
la patience de l'apprendre de moi. Mais ,
Sire , ajouta-t-il , il y a lieu d'espérer
néanmoins que le prince, dans l'embarras
où il se trouvera, s'apercevra d'une autre
cheville , et qu'en la tournant , le cheval
aussitôt cessera de s'élever , et descendra
du côté de la terre , où il pourra se poser
en tel lieu convenable qu'il jugera à propos , en le gouvernant avec la bride. »

Nonobstant le raisonnement de l'Indien,
qui avait toute l'apparence possible, le
roi de Perse , alarmé du péril évident où
était le prince son fils : « Je suppose , reprit-il , chose néanmoins très-incertaine ,
que le prince mon fils s'aperçoive de l'autre

cheville ; et qu'il en fasse l'usage que tu dis , le cheval au lieu de descendre jusqu'en terre , ne peut-il pas tomber sur des rochers , ou se précipiter avec lui jusqu'au plus profond de la mer ? »

« Sire , repartit l'Indien , je puis délivrer Votre Majesté de cette crainte , en l'assurant que le cheval passe les mers sans jamais y tomber , et qu'il porte toujours le cavalier où il a intention de se rendre ; et Votre Majesté peut s'assurer que pour peu que le prince s'aperçoive de l'autre cheville que j'ai dite , le cheval ne le portera qu'où il voudra se rendre ; et il n'est pas croyable qu'il se rende ailleurs que dans un lieu où il pourra trouver du secours et se faire connaître. »

A ces paroles de l'Indien :

« Quoi qu'il en soit , répliqua le roi de Perse , comme je ne puis me fier à l'asurance que tu me donnes , ta tête me répondra de la vie de mon fils ; si dans trois mois je ne le vois revenir sain et sauf, ou que je n'apprenne certainement qu'il soit vivant. »

9.   26

Il commanda qu'on s'assurât de sa personne, et qu'on le resserrât dans une prison étroite, après quoi il se retira dans son palais, extrêmement affligé de ce que la fête du Nevroux, si solennelle dans la Perse, s'était terminée d'une manière si triste pour lui et pour sa Cour.

Le prince Firouz Schah cependant fut enlevé dans l'air avec la rapidité que nous avons dit; et en moins d'une heure il se vit si haut, qu'il ne distinguait plus rien sur la terre, où les montagnes et les vallées lui paraissaient confondues avec les plaines. Ce fut alors qu'il songea à revenir au lieu d'où il était parti. Pour réussir, il s'imagina qu'en tournant la même cheville à contre-sens, et en tournant la bride en même temps, il réussirait; mais son étonnement fut extrême, quand il vit que le cheval l'enlevait toujours avec la même rapidité. Il la tourna et retourna plusieurs fois, mais inutilement. Ce fut alors qu'il reconnut la grande faute qu'il avait commise, de ne pas prendre de l'Indien tous les renseignemens nécessaires

pour bien gouverner le cheval avant
d'entreprendre de le monter. Il comprit
dans le moment la grandeur du péril où
il était ; mais cette connaissance ne lui fit
pas perdre le jugement : il se recueillit en
lui-même, avec tout le bon sens dont il
était capable, et en examinant la tête et
le cou du cheval avec attention, il aperçut une autre cheville plus petite et moins
apparente que la première à côté de l'o-
reille droite du cheval. Il tourna la cheville, et dans le moment il remarqua
qu'il descendait vers la terre, par une
ligne semblable à celle par laquelle il
avait monté, mais moins rapide.

Il y avait une demi-heure que les ténèbres de la nuit couvraient la terre à l'endroit où le prince Firouz Schah se trouvait
perpendiculairement, quand il tourna la
cheville. Mais comme le cheval continua
de descendre, le soleil se coucha aussi
pour lui en peu de temps, jusqu'à ce qu'il
se trouva entièrement dans les ténèbres
de la nuit. De la sorte, loin de choisir un
lieu où aller mettre pied à terre à sa com-

modité, il fût contraint de lâcher la bride sur le cou du cheval, en attendant avec patience qu'il achevât de descendre, non sans inquiétude du lieu où il s'arrêterait, savoir si ce serait un lieu habité, un dé-sert, un fleuve ou la mer.

FIN DU NEUVIÈME VOLUME.

TABLE

DU TOME NEUVIÈME.

Fin de la Table du neuvième volume.